Jay Kay

AF272082

Kinder der Erde
Die Vignetten

Die Geschichten

Was passiert, wenn Touristen eine Göttin besuchen?
Wie befreit man sich aus einer verlassenen Mine tief in den Bergen von Bolivien?
Und was kann man tun, wenn einem plötzlich der Schrecken der Straße begegnet?
Die Antworten auf diese Fragen finden Sie in den wundersamen Stories in diesem Buch. Eine Neuauflage und Sammlung der besten kompakten Geschichten aus dem Universum der Kinder der Erde. Sie sind die Legenden und Fabelwesen, die wir schon seit Urzeiten besingen und deren Abenteuer die Grundlage all unserer Sagen bilden. Und doch ist die Wirklichkeit noch viel abenteuerlicher.

Der Autor

Jay Kay ist nicht nur Schriftstellername, sondern seit jeher Spitzname des Verfassers dieser Geschichte. Wenn er keine Bücher schreibt, macht er die Weltmeere unsicher und die Unterweltmeere sicher. Er war schon Journalist, Übersetzer, Fotograf, Pressesprecher, Grafiker und Programmierer. Neben seiner Passion, dem Schreiben von Geschichten, lehrt er als Dozent an einer Privateinrichtung über Story, Scripting und Screenwriting.

Ebenfalls von Jay Kay
Kinder der Erde:
Ich, Santa (Roman)
Iikitt (Vignette)
Engel der Frequenzen (Vignette)
Der Dachs, der Wind und
das Webermädchen (Novelle)

Magischer Realismus:
Native American Girl (Roman)
Die Mäusekönigin (Roman)

Science Fiction:
Filona am Ende der Zeit (Roman)

Vi|gnet|te
In der Literatur ein kurzer (impressionistischer) Text, der sich auf einen Moment, eine Person, einen Ort, ein Objekt oder eine Idee bezieht.

Wikipedia

Auf den folgenden Seiten finden Sie eine Sammlung von Kurzgeschichten (sog. Vignetten) über die *Kinder der Erde*.

Vignetten sind kurze, abgeschlossene Geschichten, Novellen, Lyrik und kleine Erzählungen aus dem unendlichen Universum der wundersamsten Wesen auf unserem Planeten. Sie leben unter uns, unerkannt und seit Jahrhunderten, manche würden behaupten seit Jahrtausenden.

Wer sind sie, was können sie und warum überhaupt?

Viele Erzählungen berichten über sie. Sagen und Märchen aus alten Zeiten. Was keiner je vermutet hat, in allem steckt nicht nur ein Körnchen Wahrheit. Sie haben diese Geschichten erfunden und ihre Bilder in die Köpfe der Menschen gesetzt. Sind es Feen, Geister, Fabelwesen, magische Kreaturen oder Naturgewalten und Meister über die Jahreszeiten?

So viele Fragen, so viele Antworten.

Bleiben Sie gespannt und tauchen Sie ein in das erstaunliche Reich jenseits unserer Wahrnehmung.

Jay Kay

Kinder der Erde
Die Vignetten

Even Terms Press

Kinder der Erde

Die Vignetten

1. Auflage

2024

Even Terms Press

Unt. Waldweg 10, 30974 Wennigsen

www.eventermspress.de

Lektorat / Korrektorat: EMB

Titeldesign, Grafiken & Layout: jk
unter Verwendung von Motiven von Shutterstock
Satz: DTP Service Durchschuss, 62291 Versatz
Herstellung & Verlag: BoD – Books on Demand,
Norderstedt
ISBN: 978-3-7583-8801-9

Inhalt

Die
Vignetten

Iikitt
Engel der Frequenzen
Schrecken der Strasse
Steinfrau
Das Licht

Geschichten
der
Kinder der Erde

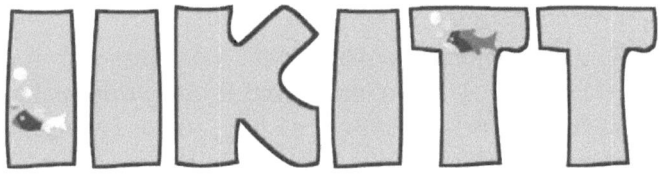

Inhalt

I.

diot!«, murmelte ich mir zu. »Es muss sich was
ändern.« Ich war drauf und dran einzuschlafen.
Bei der Arbeit, mitten am Tag, sollte das eigentlich nicht passieren. Was noch schlimmer wog, mir fiel
nichts mehr ein. Für den cleversten und schnellsten
Lokalreporter meiner Stadt sollte das ausreichen, um
sofort den nächsten Urlaub einzureichen.

Doch ich überlegte. Wann hatte ich zuletzt Ferien
gemacht? War ich seit meinem Praktikum, seit meinem Volontariat, seit meiner Probezeit überhaupt
irgendwo gewesen, außer in den Straßen meiner Stadt,
immer unterwegs auf der Jagd nach den letzten Neu-
igkeiten, den aktuellen Vorfällen, den heißesten
Trends.

Ich wusste die Antwort und mein Kopf sank auf den
Schreibtisch. Alles war auf einmal so schwer.

Ich weiß nicht, wie lange ich in dieser Position ver-
harrte. Meine Kollegen schwirrten um mich herum.
Ich hörte sie kaum. Ich wollte sie nicht mehr hören.
Die Welt tickte weiter und ich wollte vergessen zu
ticken. Meine Stirn lag auf der Tischplatte, im Blick
nichts als Weiß. Ich war froh, dass es offenbar nie-
mandem auffiel, oder niemand störte sich daran. Vielleicht hielten sie es für meine neue Art der Meditation.

»Hey! Geht's dir gut?« Das war Kitti, unsere Redaktionsassistenz. Die unermüdliche Kitti, das Mädchen

für alles, die Seele der Redaktion, zumindest die Seele in jedem gut gemachten Kaffee. Ein bisschen zu rundlich trotz der vielen Laufarbeit, die sie jeden Tag zu erledigen hatte. Nie zu übersehen, wenn sie mit ihrem leuchtend blonden Kraushaar durch die Gänge huschte, die dickgerahmte Hornbrille auf der Knubbelnase.

Sie rüttelte mich an der Schulter und ich schreckte auf.

»Du siehst aus, als wenn du Urlaub brauchst.«

Ich starrte sie für einige Sekunden wortlos an. Sie starrte zurück und ich sah, wie sie ansetzte, ihre rechte Augenbraue in die Position des Zweifels zu ziehen.

»Tatsächlich«, schoss ich hervor und ihre Bewegung ab. »Ich brauch Urlaub, ich muss hier raus.«

Ich stand auf, nahm mein Handy und war schon auf dem Weg ins Büro meines Chefs, da fragte sie: »Und wo soll's hingehen?«

Ich stockte.

»Tja, wohin?«

An der Wand des Büros hing eine riesige Weltkarte. Die Nationen waren in unterschiedlichen Farben gehalten. Von Türkis bis Himmelblau, von Rosa bis Pastellrot, von Achat bis Jadegrün war so ziemlich jede Schattierung vorhanden.

Keiner der bald 200 Staaten wollte einfach nur rot sein, oder simpel blau oder schlicht grün. Ich hatte mich schon immer gefragt, warum eigentlich nicht?

»Es ist doch ganz einfach«, warf ich Kitti über die Schulter zu. »Ich werde gleich zum Boss gehen und meinen längst überfälligen Jahresurlaub nehmen.

Jeder hat das Recht, ihn nicht verfallen zu lassen. So wie ich das letztes Jahr getan habe.«

»Oder das Jahr davor ... «, fiel sie mir ins Wort.

»Und ich fahre, wohin mich das Schicksal führt«, setzte ich unbeeinflusst fort.

Sie staunte mich respektvoll an.

»Ich nehme jetzt diesen Dartpfeil hier ... «

Ich nahm den metallenen Pfeil mit den gelb-schwarz gestreiften Federn vom Büroschrank meines Nachbarn Barney. Der hatte eine Dartscheibe an einer Stellwand neben seinem Schreibtisch aufgehängt, auf die wir in der Mittagspause warfen.

»Und ich werde auf die Karte da werfen. Das heißt, ich werde ausholen, die Augen schließen und dann werfen. Wo der Pfeil landet, da fahr ich hin.«

»Leute! Macht ihr mal Platz da hinten!«, bölkte sie quer durchs Büro über die fünf Meter Cubicles hinweg, die mich von der Karte trennten.

»Mach mal«, forderte sie mich mit einem fetten Grinsen auf. »Egal, wen oder was du triffst. So viel Spaß hatten wir hier schon lange nicht mehr.«

Ich schenkte ihr eine Schnute, wand mich der Karte zu, holte aus, schloss die Augen ...

... und warf.

II.

Ich konnte kaum glauben, was ich sah. Ein paar Mal mit den Lidern zwinkern, den Schlaf des langen Fluges aus den Winkeln kratzen und die müden Pupillen fokussieren.

Unter mir, noch gefühlte tausend Meilen entfernt, schimmerte die See so türkisblau wie sonst nirgends auf der Welt. Doch hier, in diesem tropischen Ozean, lagen die Inseln meines Ziels. Die winzigen Atolle der Kolibriden. Einst von mächtigen Vulkanen bis knapp unter die Wasseroberfläche gehoben und dann von kaum mehr als zerriebenen Korallen zusammengeschwemmt.

Ich drückte mir die Nase an der dicken Plexiglasscheibe des Lufttaxis platt. Mit einer Hand tastete ich nach meiner Kamera. Das musste ich aufnehmen. Ich wusste, jetzt war der Moment. Meine Ankunft am späten Nachmittag machte es möglich. Die Sonne schien tief in die Unterwasserwelt der Canyons zwischen den ringförmigen Inseln. Mein Rückflug war irgendwann in ein paar Wochen für den Abend geplant, da würde das Licht nicht mehr reichen.

Ich knipste und knipste. Glitzerndes Meer, weiße Strände und kreisrunde Lagunen. Dann kam das Wasser immer näher und schon setzten wir auf. Die Landebahn war hier überall.

Der Pilot propellerte uns bis an den Steg und helfende Hände luden mich und die paar Touristen, die mit mir gekommen waren, inklusive Sack und Pack an Land.

Freundlich verneigten sich die Eingeborenen, eine Blumenkette erhielt jeder Gast. Dann schnatterten sie schon wieder in ihrer ureigenen Sprache, untereinander und in dieses und jedes Handy. So viel Zivilisation hatte es offenbar auch an diese Küsten geschwemmt.

Die Luft kam mir dermaßen tropisch entgegen, dass sich im Nu ein Film aus Feuchtigkeit auf jeden Zentimeter der Haut legte. Der Wind trug den Geruch von Meer und ebenso der Insel mit sich. Sand und Salz, Palmen und Mangroven, Holz und Orchideen, das war es und noch viel mehr. Mir fehlten die Begriffe, um alles zuzuordnen, aber ich wusste, ich war endlich angekommen.

»Ich bin Pati«, sagte ein dunkelhäutiger Bursche neben mir. »Welche Koffer?«

Ich zeigte auf meine Mitbringsel.

»Zimmernummer?«, fragte er mit einem einladenden Lächeln.

»101«, antwortete ich.

»Eine gute Wahl, Sir«, lobte er. »Eine bessere Lage gibt es hier nirgends.«

»Tatsächlich?«, sagte ich voller Interesse. »Dann habe ich wohl beim Buchen Glück gehabt.« Und musterte dabei diesen Pati. Ein luftiges Hemd voll der knallbuntesten Blumen und hellgelbe Shorts, mehr brauchte man hier offensichtlich nicht, um die Jahreszeiten zu überstehen. Er trug nicht einmal Flip-Flops.

Ich hatte meine vorsorglich im Flieger angelegt, aber ich hatte schon jetzt den Eindruck, auch für mich würde das hier eine Barfußinsel werden.

Sein Haar war glatt und kohlrabenschwarz, die Zähne perlweiß, als er mich angrinste.

»Willkommen im Paradies«, sagte er. »Darf ich Ihr persönlicher Betreuer sein?«

Ich nickte, er verneigte sich und nahm meine Koffer, um mich auf Zimmer 101 zu führen. Das war auf diesem Eiland eine kreisrunde Hütte unter einem Strohdach. Wie alle Apartments ein persönliches Haus, getrennt von allen anderen, umrahmt von nichts als weißem Sand und ein paar niedrigen Büschen. Ein Schlafraum in der Mitte, ein Schlauch von Bad, der sich an die handverputzten weißen Wände schmiegte, und schöne, kühle Fliesen am Boden zwischen hochaufragenden Palmen. Das war es schon.

Die warme Luft des aufkommenden Abends wehte durch die offenen Türen herein. Ich sank auf das Bett und verbrauchte meine Zeitverschiebung im Schlaf.

III.

In den nächsten Tagen tat ich alles, was ich meinte, im Urlaub tun zu müssen. Ich brutzelte am Strand, schnorchelte jede Viertelstunde mit den Schildkröten um die Wette und verchillte die Abende an der Inselbar.

Trotzdem ich mich nur im Schatten aufhielt, wurde ich so schnell braun wie kein anderer Gast, der mit mir angekommen waren. Ich war der Typ dafür. Noch ein bisschen Hautschutz hier und da. So ließ ich dem Sonnenbrand keine Chance. Schon nach einer Woche hatte meine Haut die Farbe der Eingeborenen angenommen.

Dann stand mir der Sinn nach Abenteuer. Ich lieh mir eine Tauchausrüstung und verbrachte einige Stunden in Gesellschaft der Korallen und kleinen Fische an der Außenseite unseres Atolls. Bis auf den sandigen Grund zwischen den Inseln tauchte ich herab. Dort gab es keine Felsen mehr, nichts als versunkenen Sand, soweit das Auge reichte. Schneeweiß und flächig zog er sich dahin. Mit einem hübsch regelmäßigen Muster versuchte er, die Wellen der See hoch oben zu imitieren. Er streckte sich, soweit es die Sicht zuließ und das war hier so weit, wie ich es in dieser Tiefe noch nie erlebt hatte. Doch bis zur nächsten Insel konnte ich nicht schauen. Wohin ich auch blickte, in der Ferne ballte die See ihre dunklen Fäuste zu einer undurchdringlichen Wand.

Pati war ein paar Mal dabei. Überhaupt kümmerte er sich um mich, als wäre er mein privater Diener, obwohl er noch andere Bungalows zu betreuen hatte. In der Kantine stand er an meinem Tisch, wann immer ich etwas brauchte. Er zeigte mir die leckersten Speisen am Buffet und servierte mir die gewagtesten Cocktails in der Bar.

Solange das Licht des Tages durch die Palmenblätter schien, waren zu allen Mahlzeiten die Papageien da. Kleine, wendige Piraten der Lüfte waren sie. Sie flatterten von Wipfel zu Wipfel und prüften, wer von den Gästen vertrauenswürdig war und wer sich tierlieb genug zeigte, um sie an den Tisch zu bitten. Bei mir hopsten sie schon am zweiten Tag auf der Kante des Frühstücktisches herum und bettelten um den einen oder anderen Krumen. Mittags waren Pommes frites ihre Lieblingsspeise, aber gefälligst ohne Mayonnaise oder Ketchup. Bald waren sie so mit mir vertraut und ich mit ihnen, dass sie sich füttern, streicheln und auf die Hand nehmen ließen.

Ein kleiner Dunkelgrauer war der Frechste. Breite rote Augenringe hatte er und die typisch gelben Griffel.

Betrat ich die Kantine oder die Bar, flog er heran und setzte sich auf meine Schulter.

Pati schaute mich jedes Mal seltsam an, wenn ich mit dem kleinen Racker spielte. Zuerst deutete ich es als Missfallen. Vielleicht waren die Papageien nicht erwünscht und Gäste hatten sich über sie beschwert.

Vielleicht wollte er nichts sagen, da auch ich ein Gast war.

Doch ich lag falsch.

Eines späten Abends, die Bar war schon leergefegt, ich hatte ein paar Cocktails zu viel gehabt und wollte gerade meinen Bungalow ansteuern, da sprach er mich an.

»Sir, die Papageien mögen Sie.«, sagte er mit seinem typischen Lächeln.

»Ist mir aufgefallen«, antwortete ich.

»Nein, nein, Sir«, nickte er mir zu. »So wie sie kommen und spielen, haben sie Sie ins Herz geschlossen. Das machen sie nur sehr selten.«

»Das freut mich«, sagte ich zuvorkommend.

»Die Papageien sind die Wächter der Insel«, ergänzte er und an seinem Gesichtsausdruck sah ich, dass er nicht mehr scherzte.

Ich wollte seine Gefühle nicht verletzen, da es schien, er wollte aus dem Nähkästchen plaudern.

»Sicher, sicher«, antwortete ich.

»Sir, Sie verstehen nicht«, sagte er nach einem prüfenden Blick in meine Augen. »Diese Tiere hat Iikitt geschickt. Mit ihnen hält sie alles im Auge und wacht über die Menschen, ob wir uns auch richtig verhalten.«

»Wer ist Iikitt?«, fragte ich.

»Die Göttin der Inseln.«

Das hätte mir klar sein müssen. Irgendetwas in dieser Richtung musste es ja sein. Wahrscheinlich ein

Kult aus der Zeit, als die Einwohner dieser Atolle noch Trommeln statt Handys benutzt hatten.

Ich war schon immer schlecht darin, meinen zweifelnden Blick zu verbergen. In meinem Job kam mir das normalerweise gelegen, aber hier brachte es Pati dazu, seine Stirn in Falten zu werfen.

»Sie glauben mir nicht«, sagte er und winkte mit dem Finger. »Wenn Sie erlauben, werde ich es Ihnen beweisen.«

»Was denn beweisen?«

»Wir statten ihr einen Besuch ab.«

IIII.

Insgeheim war ich nicht überzeugt, aber warum sollte man Pati nicht machen lassen. Es klang nach Abwechslung, es klang nach Abenteuer. Das konnte ich nach den Tagen am Strand brauchen.

»Erzähl mir was über diese Iikitt«, sagte ich zu ihm, als er mich tief in der Nacht von der Bar zu meinem Zimmer begleitete. Mein Schritt war nicht mehr ganz so sicher wie zu Beginn des Abends, noch vor der erquicklichen Reihe von Cocktails.

»Iikitt ist die Göttin der Atolle, die Schöpferin unserer Inseln. Sie ist alles und ohne sie sind wir nichts.«

»Verstehe schon«, sagte ich und meine Zunge verriet mit einem leichten Lallen meinen Zustand.

»Aber was haben die Papageien damit zu tun?«

Hoppla, fast wäre ich über eine Sanddüne gestolpert.

Pati hakte sich bei mir unter und führte mich sicher in Richtung Apartment 101.

Ich blickte zurück im Zorn, aber die Sanddüne hatte sich in nichts weiter als eine mickerige Welle verwandelt, die ein anderer Gast durch einen festen Tritt als Spur hinterlassen hatte.

»Die Papageien sind die Kamhina Humunkapah«, warf mir Pati zu.

»Jetzt komm mir nicht mit sowas«, fuhr ich ihn an. »Tu nicht besoffener, als ich es bin.«

»Ich scherze nicht«, sagte er und seine Stimme wurde ernst. »Kamhina Humunkapah bedeutet in unserer Sprache so etwas wie die glücklichen Glücklosen.«

»Na gut«, nahm ich mich zusammen. »Deine Worte verstehe ich, aber nicht den Sinn.«

Inzwischen waren wir in meinem Bungalow angekommen. Er führte mich zum Bett. Ich drehte mich mit einer eleganten Bewegung, die man nur jenseits der zwei Promille hinbekommt, mit dem Rücken zur Matratze und ließ mich fallen.

Als ich lag, begann er zu sprechen und ich hörte zu.

»Iikitt ist die Tochter der See. Nachdem sie das Land, die Tiere und die Pflanzen erschaffen hatte, war ihr zu trist. Sie wollte sich unterhalten und jemand sollte sie verehren. Darum erschuf sie den Menschen. Doch schon bald wurden ihr die Menschen zu eigensinnig. Darum zog sie sich auf ihre Insel zurück und wollte sie überwachen. Dazu brauchte sie viele Augen und Ohren. Sie versprach denen ewiges Leben, die es bis auf ihre Insel schafften, um ihr für immer zu dienen. Sie würden als Wächter in die Welt der Menschen zurückkehren. Dazu muss sie ihre Diener in Papageien verwandeln, damit sie sich unerkannt fern und weit bewegen können. So können sie Auge und Ohr von Iikitt sein. Jeder kann sie besuchen und hat doch die Wahl. Denn wer über Nacht auf der Insel bleibt, wird in einen Diener verwandelt. Glücklich spielen diese für alle Zeiten unter den Augen ihrer Göttin, doch sind sie ebenso glücklos, denn sie dürfen nur als Papagei in unsere Welt zurück. Deswegen verehren wir nicht nur Iikitt, sondern auch die Papageien, denn sie sind die Mutigsten der Mutigen, die sich auf Iikitts Insel gewagt haben und dort geblieben sind, um ewig zu leben und nur als Vogel in die Welt zurückzukehren.«

Ich lag auf dem Bett und mir fielen schon die Augen zu. Doch Patis Erzählung war so spannend, dass ich bis zum Ende durchhielt.

»Ich vermute mal, du möchtest, dass wir genau dorthin fahren und ich meinen Mut beweise.«

»Sie scheinen mir nicht zu glauben«, antwortete Pati. »Darum werde ich Sie zur Insel bringen und Sie können Iikitt von Angesicht zu Angesicht gegenübertreten. Das allein haben nur die Mutigsten gewagt. Wenn Sie vor Einbruch der Nacht das Eiland verlassen, wird nichts passieren und Sie können bei Ihrer Rückkehr erzählen, dass Sie etwas im Urlaub gemacht haben, was nur den wenigsten vergönnt ist. Sie haben eine Göttin besucht. Was sagen Sie?«

»Schon recht«, murmelte ich, bevor mir die Augen endgültig zufielen. »Eine Göttin ist genau meine Kragenweite.«

IIIII.

I n meinen Träumen verwandelte ich mich in einen furchtlosen Krieger, der durch den Dschungel auf Iikitts Insel hüpfte und lautstark nach der Göttin rief. Doch sie kam nicht, ich musste sie suchen. Sie verbarg sich hinter einem Wasserfall, davor eine unendlich tiefe Lagune, in der mächtige Alligatoren unter der Oberfläche schwammen. Nur ihre Augen waren zu sehen und sie beobachteten mich mit gierigen Blicken. Mein überbordender Mut verwandelte sich in Zorn.

»Zeig dich!«, rief ich mit erhobener Faust.

Und als nichts geschah, rannte ich einfach über das Wasser, mit jedem Schritt die Köpfe der Reptilien nutzend, erreichte die Felsen, auf die das Wasser prasselte, langte durch den silbernen Vorhang und zog sie hervor.

Sie lag in meiner Hand. Eine kleine Fee, nass wie ein Fisch, ohne Flügel, aber mit langen, goldenen Haaren, nackt wie gerade vom Universum erschaffen, was ich jedoch kaum erkannte, so klein schien sie in meiner Hand.

»Ha!«, rief ich aus und wachte auf.

»Fein!«, hielt mir Pati als morgendlichen Gruß entgegen. »Ihr seid wach und wir können aufbrechen.«

»Langsam, langsam«, sagte ich und versuchte die Doppelbilder seiner Silhouette zu einem scharfen Abbild zu vereinen. »Hast du die ganze Nacht auf mich aufgepasst.«

»Nein«, antwortete er. »Ich habe auf der Couch an der Wand geruht. Aber ganz unbeaufsichtigt konnte ich Euch auch nicht lassen. Die Sonne ist gerade aufgegangen und wir haben genug Zeit für unsere Unternehmung.«

»Muss das heute sein?«

»Heute ist der beste Tag. So gut wie jeder andere. Kommt, ich helfe Euch.«

Und er half mir unter die Dusche (da wurde ich halbwegs wach) und zum Frühstück (da wurde ich halbwegs abgefüttert) und in sein Boot (schon waren wir halbwegs zu der Insel unterwegs.)

Das Meer glitzerte noch im Morgenlicht, unsere Insel verschwand am Horizont, da wurde mir erst richtig bewusst, auf was ich mich eingelassen hatte.

Sein Boot war kaum mehr als ein Einbaum mit Ausleger. Ein winziges Segel sorgte für Geschwindigkeit.

»Ich hab meine Kamera vergessen!«, rief ich ihm zu.

»Sie werden sie nicht brauchen!«, rief er zurück. »Sehen Sie doch!«

Und er zeigte zurück zum Horizont.

»Aber da kommen wir her«, sagte ich. »Da liegt unsere Insel.«

»In der Luft!«, rief er freudig erregt. »In der Luft!«

Dort kam ein kleiner schwarzer Punkt auf uns zu, der schnell größer wurde und bald Flügel zeigte, um sich in einen Papagei zu wandeln und schnurstracks in meine Richtung zu fliegen, um sich auf meine Schulter zu setzen.

Es war der kleine, freche Graue mit der roten Brille, der mich bei so vielen Mahlzeiten begleitet hatte. Und ich hatte ihm wahrlich immer etwas von meinen Pommes frites übrig gelassen.

»Ein gutes Zeichen«, sagte Pati. »Es ist nicht mehr weit. Seht Ihr den schwarzen Streifen dort vorne am Bug. Der Wald von Iikitt über dem Berg unter dem Wasserfall.«

Die Sonne brannte gnadenlos auf uns herab. Es war heiß in dem winzigen Boot. Ich hielt die Hand ins Wasser und zog sie schnell wieder heraus. Es war warm wie eine überhitzte Badewanne.

Der Schweiß troff mir in die Augen. Das Hemd klebte am Körper. Der Wind war da, aber sorgte kaum für Abkühlung.

Stoisch saß der kleine Graue auf meiner Schulter, den Blick nach vorne gerichtet. Das Ziel im Auge.

Ich sah ein Eiland heranschwimmen. Größer wurde ein bewaldeter Hügel, der Strand eine endlos weiße Fläche, der Dschungel dahinter dicht und dunkelgrün.

Pati kannte die Lücke im Riff. Er steuerte hindurch, reffte das Segel und paddelte in eine seichte Salzlagune.

»Ihr müsst springen«, forderte er mich auf. »Es gibt keinen Steg. Ich werde auf Euch warten. Die Insel ist nicht groß, geht zur Mitte und Ihr werdet sehen.«

Der Graue lockerte seine Krallen, mit denen er sich in meinem Hemd gehalten hatte und flog davon. Kaum hatte er den Strand passiert, verschwand er in den Wipfeln der Baumriesen, die den Dschungelrand markierten.

Ich konnte nicht mehr antworten. Weil ich nicht wollte. Weil mir die Sonne noch den letzten Widerwillen vertrocknet hatte. Oder weil mir so unendlich warm war. Ich warf mein Hemd ab und sprang mit nichts als Shorts kopfüber in die Fluten.

Tief tauchte ich ein. Schon nach ein paar Metern wurde es spürbar kühler. Ich öffnete die Augen, ließ die Blasen nach dem Sprung verblubbern und schaute mich um.

Die See war klarer als je zuvor. Transparent wie ein mächtiger Eimer Wasser kam es mir vor. Sanfte weiße Hänge an allen Seiten. Ich schwebte inmitten des Kessels der Lagune. Eine kleine Schule junger Haie zog unter mir ihre Runden und blickte herauf. Sie ließen sich durch meine Gegenwart nicht im Geringsten beeindrucken.

Haie!

Ich strampelte zurück an die Oberfläche.

»Hey! Hier ist was im Wasser!«, rief ich Pati zu. Der hatte das Boot gewendet und spannte das Segel.

»Kein Grund zur Panik,« sagte er. »Hier tut Ihnen keiner etwas. Jetzt husch, husch zum Strand.«

»Wo willst du hin?«, brüllte ich.

»Hab doch gesagt, keine Panik. Ich geh fischen, damit wir auf der Rückfahrt was zu knabbern haben. Ich behalt den Strand im Auge. Machen Sie sich keine Sorgen.«

Und schon nahm er Fahrt auf.

Mir blieb nichts übrig, als zur Insel zu kraulen. Ich fühlte mich nicht wohl, aber das Wasser floss friedfertig an meinen Hüften entlang, eine plötzlich aufkommende Strömung griff mir hilfreich unter die Arme und die Haie spielten unbeeindruckt weiter in ihrem Garten, wann immer ich mit einem kurzen Blick nach ihnen schaute. So erreichte ich über ihre Köpfe hinweg unbeschadet und erfrischt Iikitts Insel. Die Sonne stand an ihrem höchsten Punkt, als mich die Wellen auf den Strand spülten und ich den ersten Schritt in den mehlweichen Sand setzte.

IIIIII.

Ich stand an der Grenze zum Dschungel. Der heiße Sand noch unter meinen Sohlen. Vor mir nichts als eine Wand aus Grün. Wie eine lebendige Flut stürzte es von den Bergen herab. Noch einen Schritt und ich würde in diesen Urwald eintauchen.

Was ich auch tat. Jetzt wollte ich es wissen. Hatte mir Pati Humbug erzählt, oder war wirklich was dran?

Ich griff mit den Händen in die grüne Wand und machte mir den Weg frei. Ich war kaum einen Schritt eingedrungen, da hatte ich das Gefühl, ein Schwall von Pflanzen und Hitze hatte mich umspült. Alle Gewächse griffen nach mir, sie streiften über meine Haut, sie klatschten mir ins Gesicht, sie klammerten sich an meine Beine, sie klebten mir im Genick.

So komm' ich nicht voran, dachte ich noch, als sich der Wald vor mir teilte. Das Sonnenlicht schimmerte durch die Wipfel und eine Lichtung tat sich auf. Dort stand ein Mann. Außer einem ledernen Lendenschurz trug er nichts. Er sah Pati zum Verwechseln ähnlich, aber taten das nicht alle Eingeborenen. Klein und sonnengebräunt, dunkle Haare, perlweiße Zähne. Mit denen blitzte er mir entgegen.

Ich befreite mich aus der Umklammerung der letzten Schlingpflanzen und trat an ihn heran.

»Ich grüße dich, Fremder«, sagte er in dem typischen Akzent der Inselbewohner. »Ich bin Mali. Darf ich dein Führer sein?«

Ich war ebenso erstaunt wie sprachlos, doch ich nickte ihm freundlich zu. Letztlich war ich froh, der Umklammerung entkommen zu sein.

»Folge mir«, sagte er, winkte kurz mit der Hand und schon hatte er sich umgedreht, um voranzugehen.

»Weißt du denn, wohin ich will?«, rief ich ihm nach.

»Hier gibt es nur ein Ziel«, warf er über die Schulter zurück.

Über einen steilen, jedoch lichten Dschungelpfad wanderten wir höher und höher an der Flanke des Berges hinauf. Der Urwald dampfte vor sich hin, ich ebenso. Nur Mali schien es nicht zu tangieren. Auf seiner Haut sah ich keinen Schweiß. Er flog förmlich dahin, während ich mich mühte, schnaufend und schwitzend hintendran zu bleiben.

Bald wurde die Luft dünner. Das war keines der gewöhnlichen Atolle mehr. Das hier musste ein ehemaliger Vulkan sein, an dem wir emporkletterten.

Noch stand die Sonne hoch, doch mein Zeitgefühl hatte ich verloren. Ich trabte tropfend hinterher. Mir schien, die Blätter der Büsche, Bäume und Stauden wiesen uns den Weg. Alle deuteten zum Ziel. Doch was war das Ziel? Ich wollte mich erinnern. Es musste im Zentrum liegen. Es war lebendig und wichtig. Es war begehrenswert. Ich musste dorthin. Warum? Das war mir entfallen. Noch fühlte ich mich mutig genug, einen Schritt vor den anderen zu setzen.

»Wann sind wir da?«, fragte ich meinen Führer.

»Am Ende der Reise«, antwortete er.

Weiter und weiter gingen wir, immer bergan.

Ich blickte zum Himmel und musste feststellen, dass es bereits dämmerte. Waren wir so lange gelaufen?

Da war etwas, das mich zwang, stehen zu bleiben.

»Ich kann nicht weiter gehen«, sagte ich. »Ich muss wieder zurück.«

Er schaute mich fragend an.

»Du bist schon so weit gekommen«, sagte er.

Jetzt oder nie, dachte ich.

»Zeig dich!«, rief ich mit erhobener Hand. »Was oder wer auch immer du bist.«

»Du kannst die Göttin treffen, wenn du bereit bist«, sagte Mali. »Sie hat schon viele Namen getragen. Wenn du ihren richtigen Namen nennst, wird sie erscheinen.«

Ich kramte in meinem Gedächtnis, ich wühlte, ich baggerte. Doch mir wollte nichts einfallen.

»Ittiik!«, rief ich.

Er schüttelte den Kopf.

»Kittii!,« rief ich.

Er schüttelte den Kopf.

»Tikkii!,« rief ich.

Da blendete goldenes Licht meine Augen. Mir war, als hob mich eine riesige Hand empor. Ich lag klein und verloren in ihrem Griff. Unter ihren gewaltigen Augen fühlte ich mich nackt. Ich zappelte wie ein frisch gefangener Fisch.

»Ha!«, rief sie und ich schreckte auf.

Barney rüttelte an meiner Schulter.

»Ist was, Junge?«, sagte er und schaute mir sorgenvoll ins Gesicht. »Du siehst so bleich aus und außerdem schwitzt du wie in der Sauna. Ich glaub, du brauchst ne Auszeit.«

Ich starrte ihn an.

Er wollte gerade eine Augenbraue zweifelnd nach oben ziehen.

»Tatsächlich!«, platzte es aus mir heraus.

Er unterbrach seine Bewegung.

»Ich brauch mal wieder Urlaub. Hat Kitti auch gesagt. Ich geh gleich zum Chef und …«

»Welche Kitti?«, unterbrach er mich und setzte eine mitleidige Miene auf.

»Na, unsere Redaktionsassistenz«, sagte ich und blickte mich hilfesuchend um.

»Bist du jetzt schon so weit?«, mokierte er sich. »Wir haben keine Assi. In diesem Minibüro, bei den Knausern in der Chefetage? Träum weiter!«

Er ging zurück an seinen Platz und setzte sich kopfschüttelnd vor den Computer.

Für einen Moment saß ich wie versteinert. Dann schaute ich genauer. Mein Arbeitsplatz voller Papier wie immer, umgeben von grauen Stellwänden, gegenüber Barneys Cubicle mit der Dartscheibe an der Wand.

Ich wollte meine Gedanken ordnen. Noch wallte der Dschungel am Rand meiner Sicht. Goldenes Haar blendete meine Augen.

»Ich brauch nen Kaffee«, murmelte ich vor mich hin und stand auf.

Ich wankte unsicheren Fußes durch die Gänge in Richtung Kaffeeküche. Ich kam an der Weltkarte entlang.

Ich weiß, zwei Drittel dieses Planeten sind nur deswegen blau, weil unergründlich tiefe Meere sie bedecken. Und von dem Rest des Landes schätzen selbst Experten nicht mehr als zwanzig Prozent als Zonen ein, die der Mensch besiedeln kann.

Ich blieb stehen und starrte hinauf in die Weite ihrer Ozeane. Dort steckte ein Pfeil gelb-schwarz gefiedert mitten in ihrem Reich.

»Tikkii!«, hörte ich sie rufen. »Tikkii!«

I.

G ib mir deine Hand!«

Er streckte seinen Arm durch die Gitterstäbe. Seine Hand war von Dreck und Speck überzogen. Die Innenflächen voll von Spuren des rostigen Metalls. Vom Ärmel seines Sweat-Shirts bröckelte der eingetrocknete Lehm.

»Papito«, sagte sie und griff zu.

Für sie war er Papito. Ihre Art zu sagen, dass er ihr Vater war. Eigentlich hatte sie ihn schon immer so genannt und nicht Ernesto, wie ihn die anderen Arbeiter riefen.

»Ich hol dich raus«, sagte sie und versuchte, dem Druck seiner Hand etwas entgegenzusetzen.

»Vergiss es«, raunte er. »Hier kriegst du mich nicht raus. Diese Gitter sind rostig, aber stabil. Noch die alte Wertarbeit. Und den Schlüssel haben diese Schweine mitgenommen. Wir haben kein Werkzeug, um da durchzukommen.«

»Ich weiß«, sagte sie und fast blieben ihr die Worte im Halse stecken. Sie war kurz davor, sich in eine Heulsuse zu verwandeln.

»Mach es mir nicht so schwer, Llorona«, sagte er in seiner knappen Art und drückte noch fester zu.

Sie hasste es, wenn er neue Spitznamen erfand. Der einzige Name, den sie akzeptierte, war Pitufo. Der

Schlumpf, der in jeden Tunnel passte, dorthin ging, wo jeder Minero streikte, selbst die Hartgesottenen.

»Ich hab dir gesagt, nenn mich nicht so. Sonst lass ich dich wirklich hier sitzen.«

»Schon gut.« Seine Stimme klang fahrig. »Du bist meine Fina. Zufrieden?«

Als er ihren Namen aussprach, wurden ihre Augen feucht. Eine Träne rollte herab.

»Geh den Weg zurück und rette dich«, fuhr er sie an. Er hatte die Träne gesehen. »Das ist alles, was dir bleibt. Enttäusch mich nicht. Ich habe deinem Vater geschworen, ich würde auf dich aufpassen, was auch geschieht. Siehst du, wohin es mich gebracht hat.«

Sie starrte auf seine Hand. Es kam ihr vor, als hätten sich all seine Falten dort versammelt. Mehr als er jemals im Gesicht trug. Für einen Moment hielt sie die Hand eines Greises.

Er ließ los und nahm seine Falten zurück. Ließ sich fallen in die Dunkelheit des Käfigs, in dem er festsaß, in das Dunkel der alten Aufzugskabine. Sie starrte zum Himmel, obwohl keiner sichtbar war. Nichts als die schwach erleuchtete Felsendecke. Über der verschlossenen Tür des archaischen Aufzugs hing ein schmiedeeisernes Schild mit gedrechselten Lettern. *Mina de los Ángeles* las sie, langsam Buchstabe für Buchstabe. So wie es ihr Onkel Ernesto beigebracht hatte.

Nicht einmal die Lampe vermochte den blassgrauen Felsen einen lebendigen Schimmer zu verleihen. Wie zu Stein gewordener Todesnebel drückten die Wände heran.

»Diese Mine hat schon viele Engel gemacht«, warf er ihr aus den Schatten zu. »Ich werde der Letzte sein.«

»Papito, Nein!« Die anderen Tränen hatten nur darauf gewartet, herauszukommen. »Ich werde dich retten. Ich werde uns retten. Es sind nur fünfzig Meilen bis Potosí. Ich werde Hilfe holen.«

»Fünfzig!«, rief er. »Bis du dort ankommst, bin ich schon längst verhungert, oder noch schlimmer, das Wasser hat mich erwischt. Die Regenzeit kommt und du weißt, wie schnell es hier unten vollläuft. Wir haben es letztes Jahr gesehen. Du brauchst so viele Tage, um nur eine Strecke zu schaffen und zurück nochmal so viel.«

Ihr stockte der Atem. Sie wollte es nicht wahrhaben, stierte mit leerem Blick in die Schwärze der Kabine. Der lange Weg erschien vor ihrem geistigen Auge. Als Ernesto sie zum ersten Mal mitgenommen hatte, war es ihr wie eine endlose Wanderung vorgekommen, immer nach Südwesten. Über wie viele Kämme waren sie gestiegen, wie viele Täler hatten sie durchmessen? Nur um hierher zu gelangen. Die vergessene Minenanlage um den Cerro Tuco. Leer, verlassen, schon vor Jahrzehnten aufgegeben. Letztlich kaum weniger staubig und kalt und abweisend wie Potosi. Aber weniger Konkurrenz und für fünfzig unerbittliche Meilen keine Menschenseele.

Sie rüttelte wie verrückt an den Stangen. Mit einem spitzen Schrei sprang ihr der Frust aus der Kehle.

»Wären wir doch nie gegangen«, schluchzte sie. »Dieser verdammte Miguel. Wir hätten nicht auf ihn hören dürfen.«

»Haben wir aber«, sagte er. »Du weißt, es hat uns eine Menge gebracht. Am Cerro Rico hätten wir dafür Jahre gebraucht. Und das, was wir hier gefunden haben, hätten wir dort nie gefunden.«

Sie musste an ihren Vater denken. Dieselben Worte. Dieselben Gründe. Exakt das, warum er sich zu Tode geschuftet und ebenso zu Tode gesoffen hatte. Es war immer kalt und staubig gewesen.

Sie musste schlucken.

»Nein. Aber jetzt haben Miguel und seine Kumpane alles. Nichts haben sie uns gelassen. Das Werkzeug und das letzte Dynamit haben sie eingesackt. Und all das Gold.«

Er verstummte.

»Ich hole dir etwas zu essen. Alles, was wir noch haben; und jede Menge Kokablätter. Das macht dich ruhig und hilft. Die restlichen Kerzen kannst du auch haben und all unsere Zigaretten. Du musst durchhalten.«

Stille in der Kabine.

Sie konnte ihn im flackernden Licht der Öllampe kaum ausmachen, so sehr war er mit den Schatten verschmolzen.

Stille auch von ihr.

»Mach es mir nicht noch schwerer«, war das Letzte, was er sagte.

II.

ANNBOL

Agencia de Noticias Nueva Bolivia

Pressemitteilung - zur sofortigen Veröffentlichung

Zahl der Kinderarbeiter nimmt zu

In den letzten zwei Jahren ist die Anzahl der Kinder im Bergbau rund um Potosí um 14% gestiegen. In den Minen am Cerro Rico, dem größten Areal der nicht registrierten Grabtunnel, ist der Zuwachs sogar noch größer und liegt bei 18%.

Obwohl die UNESCO den 'reichen Berg' und seine Umgebung als Weltkulturerbe deklariert hat und die Zone vor vier Jahren nochmals erweitert wurde, ist der Zuzug von Familien nach wie vor ungebremst. Viele bringen ihre minderjährigen Angehörigen mit, um in den selbstgegrabenen Silberminen zu schürfen. Der Ertrag an Silber liegt jedoch nur noch bei etwa 2%, da der Berg seit der Kolonialzeit ausgebeutet wird. Zur Zeit wird fast ausschließlich Zinn abgebaut.

Bei zehn Stunden Arbeit in Stollen so groß wie Maulwurfstunnel und Temperaturen weit über 30 Grad Celsius arbeiten Kinder und Jugendliche aller Altersklassen. Vom klassischen Bergmann kann man in diesem Zusammenhang kaum noch sprechen. Manche der Arbeiter sind Kleinkinder. Ein Tageslohn von über vier Dollar gilt unter den Minero als Glücksfall.

III.

Sie nahm die Lampe in die Hand und machte sich auf den Weg durch die Tunnel nach oben, dem Tageslicht entgegen. Hier am Grund des Schachtes schien es so schwach herein, dass man es nur sehen konnte, wenn man alle Lichter löschte.

Sie krabbelte durch enge Passagen, die den Fahrstuhlschacht flankierten. Überall hatten die Minero ihre Spuren hinterlassen. Die Wände voller großer und kleiner Rattenlöcher. In den Pfützen stand das Wasser noch vom letzten Jahr knöchelhoch. Hier drin war es so warm und feucht wie im Urwald, kein Wind wagte sich je hierher, um die Wände zu trocknen.

Der unterste Schacht mit den letzten verlegten Schienen war erreicht. Ab hier ging es schneller. Ab hier konnte sie aufrecht laufen, auch wenn sich die Männer noch den Kopf gestoßen hätten.

Miguel, Álvaro, José und dieser widerliche Gabriel. Sie wünschte sich, alle würden sich den Kopf stoßen, so hart, dass Blut floss. Oder der Blitz würde ihnen in die Knochen fahren, wenn sie die Hochebene überquerten.

Sie hatten ihre Pläne ohne einen alten Mann und einen jungen Schlumpf gemacht. Dreckige Verräter. Alle.

Vielleicht hatten sie das schon vorgehabt, als sie noch in Potosí am Straßenrand hockten und den Umzügen zuschauten, nichts als ihren Hochprozentigen im Kopf und Koka im Mund.

Eine feine Bande von Gaunern, die nur darauf gewartet hatte, einmal im Leben Glück zu haben. Das Glück, etwas zu finden; auch wenn es dort war, wo andere die Suche längst aufgegeben hatten.

Sie floh aus dem Tunnel und rannte zu den baufälligen Baracken an der Ostflanke des Berges. Ihr Ziel war die Hütte des ehemaligen Minenbüros. Im knalligen Licht der Morgensonne nichts weiter als ein vergammelter Bretterverschlag, aber das einzige Gebäude auf der Anlage, bei dem das Dach nicht komplett eingefallen war. Es war für so viele Monate ihr Zuhause gewesen. Sie suchte und kramte zusammen, was sie noch an brauchbaren Sachen finden konnte. Es war nicht viel. Sie raffte alles in ein altes Wickeltuch, das jemand achtlos in eine Ecke geworfen hatte. Noch einmal führte sie der Weg zurück in die Tiefe, bis ganz ans Ende des Schachtes. Den Beutel legte sie vor dem Gitter ab.

Sie starrte ins Dunkel.

»Ich hab dich lieb, Papito«, sagte sie und wollte, dass ihre Stimme mutig klang. »Halt durch. Ich werde es schaffen.«

Sehen konnte sie ihn nicht, hörte nur, wie er atmete.

»Meine Fina«, sagte er.

Sie nickte voller Stolz, drehte sich um und machte sich an den Aufstieg.

An der großen Gangkreuzung, keine fünfzig Fuß vor dem Ausgang hielt sie inne. Eine Felsnische hatten die Minero in eine Seitenwand getrieben. Darin stand sie.

Nuestra Señora de la Esperanza. Mit groben Zügen, nur halb aus dem Stein gehämmert. Dem geweihten Vorbild nachempfunden. Ein Kranz um den Kopf wie eine Halo, viel zu weibliche Formen auf der Front und ein steinernes Kleid bis auf den Boden. Das Gesicht vom Ruß schwarz gefärbt, so dass es aus dem hellgrauen Fels heraustach, als trüge sie eine Totenmaske. Zu viele Kerzen hatten hier gebrannt, zu viele Minero hatten nach ihren Zügen gefasst, um ihr Glück in den Tunneln zu beschwören. Die Reste von papiernen Luftschlangen hingen noch um ihre Schultern, ein paar leere Plastikflaschen, in denen einmal Schnaps gewesen war, lagen herum. Zigarettenstummel zu ihren Füssen.

Sie suchte mit flinken Augen am Boden nach dem größten Stummel, hob ihn auf und steckte ihn sich in den Mund. Dann zog sie ihr Einwegfeuerzeug und versuchte, sich beim Anzünden nicht die Lippen zu schmelzen. Sie nahm einen kurzen Zug, dann steckte sie die brennende Kippe der Madonna in den Mund.

»Ich komme zurück«, sagte sie. »Und wehe, du hast nicht auf ihn aufgepasst.«

Sie verließ den Stollen und stattete dem Büro einen letzten Besuch ab. Sie packte das Wenige zusammen, was sie noch besaß. In ihren knallbunten Rucksack stopfte sie die letzte Wasserflasche, eine halbe Packung Wrigleys, ein T-Shirt und ein paar große Tücher, die man sich um den Kopf, aber ebenso um den Bauch binden konnte. Als Letztes nahm sie ihr Handy in die Hand.

Sie musterte das tote Display, dann drückte sie ein paar Knöpfe. Nichts passierte. Sie schüttelte den Kopf und holte aus, um das leblose Gerät in die Ecke zu feuern.

Mitten in der Bewegung stoppte sie und schüttelte erneut den Kopf.

»Das bringt Unglück«, murmelte sie. »Du warst ein Geschenk aus besseren Tagen.«

Sie steckte das Handy in eine Seitentasche.

Ihre Schlafdecke rollte sie zusammen und band sie an der Kopfseite des Rucksacks fest. Dann schulterte sie alles und machte sich auf den Weg, immer in Richtung Nord-Nord-Ost, immer auf den Spuren der Verräter.

IV.

D er Aufstieg aus dem Tal war steil. Nur wenige Serpentinen hatten die Laster der COMIBOL damals an die Flanken der namenlosen Bergkette gezogen. Jetzt war es nur noch ein Pfad, von Flechten übersät, am Saum Büschel wilder Quinoa und Borstengras. An der Kuppe der ersten Hügelkette blieb sie stehen und schaute zurück.

Die Minenanlage mit ihren abbruchreifen Bretterbuden, umgekippten Förderbändern und den wahllos angehäuften Bergen von Abraum breitete sich vor ihr aus. Neben ihr, am Rand einer Geröllhalde, der ehemalige Müllplatz, gleich daneben der Friedhof. Ein Platz für die Opfer der Mine, diejenigen, die es nicht mehr geschafft hatten, von hier wegzukommen. Jetzt nicht viel mehr als ein paar verwitterte Holzkreuze, windschief zwischen ein paar Steine geklemmt, vom Morgennebel der Hochlagen zerfressen.

Ihr Weg führte sie weg von der Straße, quer über den angehäuften Müll, weiter die Klippen hinauf. Die alte Straße führte aus den Bergen hinaus, aber auf ihr wären es doppelt so viele Meilen bis nach Khuchu. Die Reste von alten Knochen knackten unter ihren Sneakern, als sie durch die Überreste von längst vergangenen Mahlzeiten stapfte. Unzählige Knochen von Schafen und Lamas ragten aus dem Bodensatz von Plastikresten und Metalldosen heraus.

Noch ein paar Kuppen musste sie überwinden. Es ging höher und höher hinauf. Dann hatte sie die erste Hochebene erreicht. Ab hier war es ein Stolpern auf unwegsamen, kaum sichtbaren Pfaden, die nur die Lamas kannten. Weitflächig und von einer starken Sonne gezeichnet zog sich die Ebene des Altiplano bis zum Horizont dahin. Auf den ersten paar Meilen noch eine Landschaft voller Geröll und sandiger Flächen, schon bald in eine spiegelflache Salzebene auslaufend. Der weiße Grieß unter ihren Sohlen knirschte bei jedem Schritt. Feine Linien aus aufgekräuseltem Salz zogen ein endloses Muster aus sechseckigen Kacheln über die gesamte Ebene. Hier und da waren Tritt- und Schleifspuren zu sehen, die von den Männern voraus stammten. Sehen konnte sie die Gruppe nicht, sie waren kräftige Männer, noch gut beieinander und fast zwei Tagesreisen voraus. Sie hatte gewartet, bis alle aufgebrochen waren und noch ein bisschen länger. Hatte in ihrem Versteck ausgeharrt, nachdem sie weggerannt war. Onkel Ernesto hatte nicht so viel Glück gehabt. Ihn hatten sie in die Mine gesperrt.

»Glaubt ihr, ich schaff es nicht!«, rief sie, während sie stoisch einen Schritt vor den anderen setzte. Die Sonne im Nacken zog sie ihren Hut noch tiefer herunter.

»Niemand wirft Fina einfach so weg.«

Sie brauchte den Mut, um weiterzukommen. Sie würde es diesen Banditen schon zeigen. Ein kleiner Schluck aus der Wasserflasche tat gut. Als sie die Flasche zurücksteckte, wollte sie nicht darauf achten, wie viel noch übrig war. Den Durst für ein paar Meilen konnte man damit zurückhalten, am Hunger lief das Wasser einfach vorbei.

Schon als sie daran dachte, begann es in ihrem Magen zu rumoren. Sie steckte sich den vorletzten Kaugummi in den Mund. Sie würde ihn so lange malträtieren, bis er ausgeknetet war.

Bald tauchte die erste Insel auf. Ein felsiger Hügel inmitten der Fläche des Salzsees. Es war nur ein kleiner Hügel, aber eine Gesellschaft von Kakteen hatte sich dort eingefunden und stand mannsgroß, in kleinen Grüppchen beisammen, als wollten sie ihre Familienbande beschwören.

»Was bewacht ihr?«, rief sie ihnen zu.

»Unser Wasser«, antworteten die Kakteen im Chor. »Niemand soll es haben.«

»Seid ihr deswegen so stachelig?«, rief sie zurück.

Sie ließen sich nicht zu einer Antwort herab.

Aus der Ferne schienen ihre Stacheln wie ein weißer Pelzbezug. So sah es in Los Pinos aus, dort wo man mitten im Häusermeer von Potosí den Garten der Kakteen angelegt hatte. Ein stacheliger Garten, so abweisend und karg wie die Stadt. Ein würdiges Wahrzeichen.

Je länger sie über den hitzeflimmernden See aus Salz starrte, desto mehr Bilder tauchten auf. Vor ihren Augen sah sie die bunten Wimpel und Girlanden zum Fest des Chutillos. Die Straßen gesäumt von Ständen der Silberverkäufer. Dazwischen die Buden der Mamitas mit ihren farbigen Schals und hohen Hüten. Auf den Tischen die selbstgemachten Salteñas.

Als sie an die Fleischfüllung der frittierten Empanadas dachte, lief ihr das Wasser im Mund zusammen.

Sie ließ den Garten der stacheligen Wächter über den Salzsee hinter sich. Da würden noch ein paar kommen bis zum Ende des ersten Tages.

Dann konnte sie sich mit ihrer Decke zwischen die Felsen kuscheln und die Nacht unter freiem Himmel verbringen.

Als sie das tat, musste sie an Papito denken, wie er am Grund des Schachtes im Dunkel der alten Aufzugskabine hockte. Als ihr die Müdigkeit die Augen schloss, sah sie sein Lächeln.

»Fina«, sagte er, als er neben ihr auf der niedrigen Mauer am Rand des Kaktusgartens saß. »Wenn das klappt, haben wir es geschafft. Stell dir vor, in der alten Goldmine ist tatsächlich etwas zu holen. So wie es Miguel erzählt hat. Wenn er uns mitnimmt, werden wir reich. San Bartolomé sei Dank.« Und er bekreuzigte sich, während er gen Himmel blickte.

San Bartolomé hatte gegen einen Dämonen gekämpft und gewonnen. Sie würde dafür sorgen, dass er diesen Kampf nicht verlor.

Unter Papitos Lächeln und dem Geruch der knusprigen Teigtaschen flog sie durch die Träume der ersten Nacht.

V.

Onkel Ernesto? Warum muss ich lesen lernen?« Ihr stockte die Stimme am Ende des Satzes. Manchmal erkannte sie, ohne dass jemand sie mit der Nase darauf stupste, dass sie ihre Warum-Phase noch nicht ganz abgelegt hatte.

»Weil nur die Lamas nicht lesen können und du möchtest doch kein Lama sein«, antwortete er. »Ich habe deinem Vater versprochen, dass ich dir alles beibringe, was ich kann. Lesen gehört auch dazu.«

»Aber im Berg ist es doch viel zu dunkel.«

»Deswegen sind wir jetzt hier. Gleich können wir zusammen trainieren. Wir kaufen uns jetzt ein Ticket und gehen da drüben ins Museum. Wir schauen uns alles an und lesen alles durch. Du weißt doch, was für ein Gebäude das ist?«

»Die Casa National«, sagte sie und drehte mit ihrem Fuß verlegen ein Loch in den Boden.

»Genau!« Er kniete sich herunter und nahm sie bei den Schultern. »Das wird interessant. Ich will, dass du siehst, warum wir uns jeden Tag abschuften. Da stehen die alten Maschinen, mit denen sie damals die Münzen geprägt haben. Aus dem Silber unseres Berges.«

»Aber wir haben doch schon lange kein Silber mehr gefunden.«

»Deswegen ist es trotzdem unsere Geschichte, unser Schicksal. Man muss immer wissen, woher man kommt.«

»Ich will lieber wissen, wohin wir gehen.«

Er schaute sie für einen Moment ratlos an. Sie versuchte, in den tiefen Falten seines Gesichtes zu lesen.

»Niemand kann wissen, wohin die Reise geht«, sagte er. »Nur dass wir gleich da drüben über die Schwelle treten und du Sachen sehen wirst, die du noch nie gesehen hast.«

Er nahm sie an der Hand und sie gingen über den Platz des zehnten November. Die Casa National war ein eindrucksvoller Bau. Polierte Steinfliesen am Boden und meterdicke Mauern. Natürlich hatten sie die alten Prägemaschinen bewundert und auch das Bildnis der Jungfrau vom Berge, von dem keiner wusste, wer es gemalt hatte.

Aber nichts war ihr so im Gedächtnis geblieben wie die Mumien der Kinder. Sie hatte sich an Papitos Ärmel geklammert. Zuerst wollte sie die Toten in den Glaskästen nicht sehen. Dann musste sie doch hinschauen. Ein paar der Skelette lagen noch auf den Tüchern, in die sie einst eingewickelt waren. Die Haut um die Köpfe war eingesackt und zusammengeschrumpft. Die Zähne traten hervor. Wie kleine verfrorene Zombies sahen sie aus, zusammengekauert und verschrumpelt. Die trockene Höhenluft und die Kälte hatten in den Grabkammern alles konserviert.

Doch die meisten Alpträume brachten ihr die Zwillinge auf dem roten Samt. Nichts war an ihnen eingefallen, auch wenn die nackten Beine verdreht unter den Kleidchen hervorragten, als wären sie unter eine

Lore geraten. Die Haut war blässlich blau. Die Gesichtszüge und Haare erhalten. Die Augen geschlossen, die Münder offen. Sie trugen schneeweiß gebleichte Kleider aus grobem Leinen. Ihm war das Kinn auf die Brust gesackt. Sie lag ihm zugewandt, als wolle sie ihn auffordern zu spielen. Sprachlos lagen sie in der gläsernen Vitrine in ihrem blutroten Bett und warteten auf ihre Wiederauferstehung.

Im Angesicht der Kindermumien hatte sie ihren Mund kaum öffnen wollen.

»Warum sind sie gestorben?«, hatte sie dann doch gefragt.

»Die Zeit ist ihnen ausgegangen«, hatte Papito gesagt. »Jeder bekommt nur eine bestimmte Zeit geschenkt. Manche bekommen viel, manche wenig, einige so gut wie nichts.«

»Wie viel habe ich bekommen?«

»Das kannst du mir sagen, wenn unsere Arbeit eines Tages beendet ist und wir uns bei der Jungfrau wiedertreffen, da oben.« Und er hatte zum Himmel gezeigt.

»Papito«, rief sie in die Leere der Salzwüste. »Sag mir wenigstens, wie viele Schritte es noch sind.«

Die Sonne brannte gnadenlos herunter. Sie hoffte, den ersten Salzsee bald hinter sich gelassen zu haben. Dann würden die Täler der Ollerias Berge wenigstens ein bisschen Schutz geben. Zerklüftete Felsen und steile Hänge gab es dort.

Niemand antwortete. Ihre Stimme verhallte noch nicht einmal. Die Wüste schluckte sie und gab nichts als Stille zurück.

Das letzte Wasser war getrunken. Der letzte Kaugummi gekaut. Zu Beginn des dritten Tages begann der Hunger in ihr zu wühlen.

Dann war der Horizont heran und sie erreichte den ersten tiefen Einschnitt in die Ausläufer der Berge. Ein paar riesige Felsbrocken markierten den Eingang in ein ansteigendes Tal. Im Schatten der steinernen Pfeiler wollte sie rasten. Da war schon jemand auf dieselbe Idee gekommen. Wahrscheinlich ein oder zwei Tage zuvor.

Sie sah ihn am Rand einer Felsnische liegen. Es war José. Jemand hatte ihm den Schädel eingeschlagen. Er sah sehr kaputt aus. An dem Felsen war es offensichtlich nicht passiert. Dort klebte kein Blut. Doch es war ihm nachträglich aus der Wunde gelaufen und hatte sich in einer Lache am Boden gesammelt. Jetzt war es kaum mehr als ein dunkelbrauner Belag in einer Steinpfanne. Man hatte ihn hierher geschleift und abgelegt, ohne sich weiter um ihn zu kümmern, ohne den Versuch, ihn zu bestatten.

Sie stolperte in den Schatten und kniete sich herunter, um sein Gesicht zu sehen.

»Wer wollte nicht mit dir teilen?«, fragte sie.

Er blickte sie an, ohne mit der Wimper zu zucken.

»War es dieser miese Gabriel, oder etwa euer Boss, der schlaue Miguel?«

»Sie haben mir alles genommen«, sagte er. »Mein Gold, mein Essen, mein Wasser, die Schuhe.«

»Und zu was?«, fragte sie zurück.

»Zu Recht!«, antwortete sie für ihn.

Nur sein Shirt und die Hose hatten sie ihm gelassen. Als ihr der Geruch des tagealten Blutes in die Nase stieg, wachte sie für einen Moment auf. Ihr wurde übel und der Magen wollte revoltieren. Doch es gab nichts zurückzugeben. Es war schon lange nichts mehr da.

Sie stolperte weiter, hinüber in den nächsten Schatten. Eine Weile ausruhen, das würde ihr guttun.

Sie legte den Rucksack ab und setzte sich an die Felswand. Atmete für ein paar lange Minuten tief durch.

So viel Blut hatte sie zuletzt an den Festtagen im letzten Sommer gesehen. Wenn in Potosí die Zeit kam, die Schafe zu schlachten. Dann baumelten sie im Hof kopfüber von den Haken. Wenn alles herausgelaufen war, kam der Metzger. Vorher waren die Hunde da und stritten sich, wer zuerst am Boden lecken durfte. Für die Hunde das Blut, für die Menschen die Salteñas.

Sie keuchte und spuckte in den Sand.

Sie suchte ein letztes Mal in dem Rucksack nach etwas Essbarem. Sie wusste, sie würde nichts finden.

Er war überflüssiges Gewicht. Nur die Decke würde sie sich über die Schultern schwingen.

Wieder fiel ihr das Handy in die Hand.

»Ich will auch so eines haben«, hatte sie gesagt. Sie sah die anderen Menschen auf den Parkbänken vor dem Mercado Central telefonieren.

»Wozu brauchst du ein Handy?«, hatte Papito gefragt. »Du hast doch niemanden, den du anrufen kannst.«

»Aber ich möchte so sein wie die anderen. Ich möchte auch Freunde haben, die ich anrufen kann.«

»Alle Kumpels sind unsere Freunde. Auf die müssen wir uns in den Stollen verlassen. Und außerdem ist das viel zu teuer.«

»Lass uns im Mercado schauen«, hatte sie gebettelt. »Es wäre doch toll, wenn wenigstens einer von uns eines hat. Stell dir vor, wir müssten um Hilfe rufen.«

»Da, wo wir hingehen, können wir damit nicht um Hilfe rufen.« Seine Miene war steinern geworden.

Und doch hatte sie ihn erweichen können. Sie war der stolze zehnte Besitzer eines gebrauchten Handys geworden. Gar nicht so teuer, wie Onkel Ernesto gedacht hatte.

In ihrem winzigen Zimmer in der Calle Olmero hatte sie es aufgeladen. Vor wie vielen Monaten war das gewesen?

Sie konnte sich nicht erinnern.

Es war das teuerste Stück Technik, das sie besaß. Man konnte sogar damit rechnen, aber nur, wenn man wusste, welche Tasten man auf dem Display zu drücken hatte.

Die Nummern für einen Notruf hatte sie sich eingeprägt. Sie drückte mechanisch die Tasten und klemmte sich das Telefon zwischen Schulter und Ohr.

»Hallo«, hauchte sie in die Muschel. »Ich könnte Hilfe brauchen.«

Es kam keine Antwort.

Sie nahm das Handy und starrte auf das blinde Display. Dann ließ sie es achtlos in den Sand fallen, lehnte sich an die Wand und blickte hinüber zu José.

Er blickte endlos zurück.

So saß sie noch, als sie aufwachte. Sie war an dem Felsen zusammengerutscht und die Nacht breitete ihr Sternenkleid am Himmel aus. Die Kälte war ihr gehörig in die Knochen gekrochen. Der Mond war nicht zu sehen und das Licht der Sterne würde nicht ausreichen, im Dunklen weiter durch das Tal zu stolpern. Sie rollte sich in ihre Decke ein, schloss die Augen und ergab sich noch einmal ihren Träumen.

VI.

Sie sah sich vor den Tischen an der Plaza Amarilla stehen. Girlanden hingen von Haus zu Haus. Die bunten Lichter darin strahlten wie überdrehte Leuchtkäfer in die Nacht. Die Mamitas hatten reichlich gedeckt. Es gab ein Pfanne Chorrellana mit Zwiebeln und Tomaten, einen Berg von Schweinespeck und Huhn in scharfer Soße, die Käsebrötchen Cuñapés lagen einfach so herum und in einem Bottich dampfte das Silpancho mit Fleisch, Reis und Kartoffeln vor sich hin.

Das Fest war auf seinem Höhepunkt. Gleich würde es Mitternacht sein und das Feuerwerk konnte beginnen. Eine Augustnacht, die sie nie vergessen würde.

Doch vorher wollte sie unbedingt von den Leckereien naschen. Die Tische bogen sich unter der Last der Speisen und Getränke. Sie konnte sich kaum entscheiden. Alles sah so appetitlich aus und roch so köstlich. Doch in der Mitte eines jeden Tisches stand ein einfacher Teller, bis zum Rand gefüllt mit Salz. Darin lag ein Schädel, dessen Knochen so weiß glänzten wie der salzene Sand, in den er gebettet war und dessen hohle Augen mit finsterem Blick jeden verfolgten, der nach den Speisen greifen wollte.

Vorsichtig tastete sie mit ihrer Hand, um nach einer süßen Tasche Humintas zu greifen, da tauchte ihre Großmutter auf der anderen Seite des Tisches auf.

»Fina, ich habe dich so lange nicht gesehen. Wo bist du gewesen?«

»Großmutter!«, rief sie und rannte um den Tisch herum, um sich an ihre Schürze zu werfen.

Lange stand sie und klammerte. Ihre Großmutter klammerte zurück. Als sie sich voneinander trennten, schaute sie genauer.

Die alte Dame stand gebückt mit einem riesigen buntkarierten Tuch um die Schulter, einen grobgestrickten Chullo auf dem Kopf, der über die Ohren hing und ganz sicher einen Bommel auf der Spitze trug, auch wenn man den nicht sehen konnte, denn darüber hatte sie einen steilen Bowler gesetzt. Ganz in Weiß war er, mit einem Schweißband aus blutrotem Chiffon.

»Du siehst noch genauso aus, wie das letzte Mal, als ich dich gesehen habe«, sagte sie.

»Das kannst du nicht wissen«, sagte Großmama. »Als ich ging, warst du noch viel zu jung.«

Plötzlich rüttelte jemand an ihrer Schulter.

Unwillig drehte sie sich um und sah José direkt vor ihrer Nase. Er hielt den Nacken steif, sein Blick war zum Himmel gerichtet. Er schämte sich für das Loch in seinem Kopf, doch er sprach sie an.

»Da ist jemand in der Leitung für dich«, sagte er.

»Wer soll mich schon anrufen.« Sie winkte ab.

»Ich soll dir Bescheid geben. Das hab ich jetzt getan«, sagte er verdrießlich und drückte ihr das Handy in die Hand.

Sie drehte sich noch einmal der Großmutter zu.

»Wartest du hier auf mich? Lass uns zusammen etwas essen.«

»Ich werde immer auf dich warten«, sagte die Großmutter und ihr Lächeln schlug alle Sorgen in die Flucht. Dann ging die alte Dame in die Nacht, um sich den besten Platz für das Feuerwerk zu sichern.

Sie nahm das Handy ans Ohr und sagte »Hallo«.

»Hallo«, sagte eine Stimme, die so klang wie die nette Frau aus der Zeitansage. »Wie heißt du denn?«

»Josefina«, antwortete sie. »Aber alle, die mich kennen, nennen mich Fina.«

»Da ich dich jetzt kenne, Fina, sollst du auch mich kennen«, sagte die nette Stimme. »Mein Name ist Maja.«

»Ein schöner Name«, sagte sie. »Warum heißt du so?«

»Ich bringe die Energie und den Menschen den Frühling zurück. Man könnte sagen, ich brenne darauf.«

Sie hörte ein Kichern am anderen Ende der Frequenzen.

»Aber so etwas wie dich habe ich wahrlich noch nie erlebt«, sagte Maja und es klang, wie es sollte, sehr respektvoll. »Du kannst sprechen und ich kann dich hören und das ohne die Geräte, die die Menschen dafür brauchen.«

»Danke«, sagte Fina. »Ich will nur Onkel Ernesto retten.«

»Onkel Ernesto? Was ist mit ihm?«

»Sie haben ihn in den Schacht gesperrt, da kommt er nicht mehr raus. Wenn ihn niemand befreit, wird er verhungern oder der Wind bringt den Regen vom Meer heran, dann wird er ertrinken.«

»Das ist ja schrecklich«, rief Maja aus.

»Ich bin gegangen, um Hilfe zu holen, aber ich weiß nicht, ob ich es rechtzeitig schaffe.«

»Oh je!«, sagte Maja. »Ich glaube, ich habe dem Wind schon befohlen, die Wolken zu bringen. Überall hat es angefangen zu regnen.«

»Das darf nicht sein!«, rief Fina.

»Kind, sag mir, wo bist du?«

»Das weiß ich nicht, ich bin schon so weit gelaufen.«

»Ja, aber du musst doch wissen von wo?«

»Von der alten Mine bin ich aufgebrochen. Die Mina de los Ángeles. Da, wo Ernesto sitzt. Jetzt bin ich drei Tage gelaufen, oder waren es vier. Doch ich weiß, es ging immer in Richtung Potosí.«

»Fein, fein«, haspelte Maja. »Jetzt sag mir noch schnell, wo dieses Potosí liegt und ich kümmere mich um den Rest.«

»Versteh ich nicht«, sagte sie.

»Na, welches Land?«, fragte Maja und diesmal klang ihre Stimme ungehalten.

»Bolivien«, sagte sie und Maja legte auf.

VII.

CNN
Inside The Story

Das Wunder vom Cerro Tuco

Ernesto M. ist gerettet, das Internetphänomen bleibt ungeklärt.

In der vorletzten Woche schlug ein Sturm der Entrüstung auf mehreren Internetplattformen über den bolivianischen Sicherheitsbehörden zusammen. Ausgelöst durch einen Tweet aus einer noch unbekannten Quelle, wurde die missliche Lage des Bergarbeiters Ernesto M. einer breiten Öffentlichkeit gewahr. Schnelle Hilfe war geboten, er war im Aufzugsschacht einer aufgegebenen Mine gefangen. Mehrere Telefonate konnten die Hilfskräfte aus den abgelegenen Ortschaften nicht dazu bewegen, eine Rettung zu starten. Erst als ein weltweiter Nachrichtensturm fast das gesamte Internet in Bolivien lahmzulegen drohte, ordneten die staatlichen Institutionen aus La Paz eine militärisch organisierte Rettungsaktion mit mehreren Hubschraubern an. Ernesto M. konnte in letzter Minute aus seiner misslichen Lage befreit werden. Ihm stand das Wasser im wahrsten Sinne bereits bis zum Hals.

Ein Anruf aus einer ebenfalls unbekannten Quelle brachte die Polizei von Potosí auf die Spur der Verbrecher, die Ernesto M. in die Mine gesperrt hatten. Sie

wurden bei der Rückkehr in ihren Heimatort festge-
nommen.

Erst nach einer Woche wurde die Leiche der Nichte,
Josefina M., zusammen mit einem unbekannten
Mann am Rande der Salzwüste entdeckt und gebor-
gen. Der Mann erlag einem Kapitalverbrechen. Josefina M. war bei starker Dehydration in der Wüste jenseits der 4000 Meter erfroren. Ihr Onkel ließ sie auf
dem Friedhof der Kakteen in Potosí beisetzen.

VIII.

Gib mir deine Hand!«

Sie streckte ihren Arm der Dame entgegen. Die nahm ihre Hand und zog sie langsam heran. Warm war ihre Haut und weich, ohne die geringste Falte.

»Wo bin ich?«, fragte sie.

»Da, wo du hingehörst«, sagte die Dame.

»Aber ich war noch nie hier. Wie kann ich hierher gehören?«

»Du bist eine von uns. Ab jetzt und für alle Zeit.«

Die Dame lächelte milde. »Eigentlich warst du schon immer eine von uns. Du hast es nur nicht gewusst.«

Sie musterte die Dame. Sanft gerötete Pausbäckchen, tiefschwarze wellige Haare. Ein hellgrünes Kleid, ein hoher, geschlossener Kragen, weite Ärmel, die lang herabhingen, und wunderschöner Silberschmuck. Zwei unterschiedlich lange Halsketten, feine Girlanden an den Ohrsteckern, blitzende Armreifen.

»Bist du Maja?«

Die Dame nickte.

»Bist du ein Engel?«

Maja ließ ihre Hand los und streichelte ihr sanft über den Kopf.

»Nein, das bin ich nicht. Obwohl ich das sein könnte, wenn ich es den Menschen nur lange genug erzählen würde. In Wirklichkeit sind wir alle Schwestern und einige von uns sind wahrlich manchmal eher Teufelchen als Engel.«

»Werden sie meine Freunde sein? Ich wollte so gerne Freunde haben.«

»Natürlich, auch wenn sich einige ziemlich zieren und nicht einfach zu finden sind. Aber genau das dürfte dir gar nicht schwerfallen.«

»Warum?«

»Weil du etwas ganz besonderes kannst. Etwas, das noch nie eine von uns konnte.«

Sie machte eine Pause.

»Und weil du unsere erste Fina bist.«

»Ich bin etwas Besonderes? Wie denn?«

»Du kannst mit jedem sprechen, mit jedem auf der Welt und auch allen darunter. Wo immer er sein mag. Über alle Wellen, durch alle Frequenzen. Möchtest du es ausprobieren?«

»Du meinst jetzt gleich?«

»Warum nicht.«

»Aber wen soll ich anrufen?«

»Hast du nicht noch eine Rechnung offen?«

Sie dachte nach.

»Diese feigen Schufte. Sie sollen nicht davonkommen.«

»Siehst du«, forderte Maja sie auf. »Jetzt konzentrier dich und leg los.«

MAY CONTAIN HAZARDOUS MATERIAL

SCHRECKEN
DER
STRASSE

EST. 1098

HAZ
MAT

Das Mädchen fror. Sie hatte nichts gegessen. Und es war kalt. Knochenkalt. Ein eisiger Wind ließ den Schnee der letzten Tage in feinweißen Schleiern über den Asphalt tanzen. Sie blickte mit leeren Augen auf die winzigen Windhosen, wie sie ihr kaltes Spiel in der Auffahrt zur Autobahn trieben. Ihre Wangen waren blass wie der bleiche Wintermond.

Wann hatte sie zum letzten Mal etwas gegessen?

Sie konnte sich nicht erinnern. Waren es Tage oder vielleicht schon Wochen her?

Nichts hatte sich ergeben. Niemand war so gut gewesen.

Sie stand in einer Schneewehe am Rand der Fahrbahn und klappte den Kragen ihrer knappen Lederjacke hoch.

Hoffentlich würde der Wind bald aufhören. Und hoffentlich würde es nicht anfangen zu schneien. Aber dazu war es zu kalt und für die nächsten Stunden sah es nicht so aus, als würde sich daran etwas ändern. Zu klar leuchtete der eisblaue Himmel über ihr. Keine Wolke in Sicht. Eine Wintersonne in blendender Stimmung strahlte am Horizont und zog die Schatten der kahlen Bäume ins Unendliche.

Sie fluchte in sich hinein.

Was hatte sie bloß in diese abgelegene Gegend verschlagen?

Es musste der Hunger gewesen sein. Jemand hatte sie mitgenommen. Über Straßen, die sie nicht kannte. In Gegenden, für die sie sich nicht interessierte.

Sie klappte die Umhängetasche auf, die an ihrer Hüfte baumelte. Sie zog das Schild heraus. Es bestand aus nichts als dicker Kartonpappe. Abgegriffen und angeknickt. Fleckig und vergilbt.

Irgendwo hatte ihr irgendjemand einen Filzstift geliehen.

Sie hielt sich das Schild vor die Brust.

NIRGENDWO

Es würde schon jemand kommen. Jemand, der hier vorbeifahren musste, um auf dieser und der nächsten Autobahn an ein Ziel zu fahren, das weit weg lag oder noch weiter.

Sie hoffte, es würde nicht nur jemand vorbeifahren, sondern anhalten. Dann hätte der Wind mit seinen frostigen Zähnen keine Chance mehr, ihr die Ohren abzubeißen. Sie würde einsteigen, in den Schutz der warmen Fahrerkabine.

Wenig war an dieser Auffahrt los. Wenn ein Auto auftauchte, ließ sie das Schild schnell hinter ihrem Rücken verschwinden. Keine Autos durften es sein, keine Männer auf dem Weg zur Arbeit, keine Familien auf einem Ausflug in die Berge.

Männer bei der Arbeit. Das war schon eher ihr Fall. Kutscher in ihren dicken, großen Kisten. Auf Fernfahrt mit Lasten in unbekannte Städte, in nie gesehene Länder.

Das Glück schien ihr hold. Auf der Landstraße fuhr ein Schwerlaster heran. Eine rote Fahrerkabine, eine Reihe mit fünf Halogenscheinwerfern auf dem Dach, bunte Lämpchen vor dem Lenkrad und ein Leuchtschild mit dem Namen *MIKE* am Spiegel.

Sie hielt den Daumen heraus und das Schild hoch.

Der Laster hielt an.

Die Tür schwang auf. Sie zauberte ihr freundlichstes Lächeln herbei und kletterte hinauf, in die Wärme, in den Schutz.

»Na, Kleine? Wo soll's denn hingehen?«

Er schaute fragend, die Hände am Lenkrad. Sein Hemd war rot-schwarz kariert aus dickem Fleece, die Hose fleckig-braun aus dickem Cord.

»Ganz egal«, antwortete sie. »Hauptsache weg!«

»Weg von hier oder weg aus der Kälte?«, fragte er.

»Ganz egal«, antwortete sie.

Er zog nichts weiter als die Augenbrauen hoch und neigte respektvoll den Kopf.

Sie zog die Tür zu und schon ging es los.

Er steuerte die Auffahrt entlang. Sie blickte sich mit flinken Augen um.

Eine großräumige Schlafkabine hinter ihr, direkt unter dem Dach. Vor ihr die komplette Ausstattung des Fernlasters. Navigation, Handy, CB-Funk, Erste-Hilfe-Kit, Feuerlöscher und eine festinstallierte Kaffeemaschine.

Die Klappe des riesigen Handschuhfachs wollte sie lieber nicht öffnen. Sie brauchte keine Medikamente, um wach zu bleiben.

Sie waren noch nicht lange auf der schnurgeraden Autobahn unterwegs, da fing er an zu fragen.

»Soll ich uns einen Kaffee machen? Das wärmt auf.«

Sie zuckte mit den Schultern.

Er dachte einen Moment nach, dann fing er an zu hantieren. Zog einen Filter und die Kaffeedose aus einem Fach neben seinem Sitz. Bereitete alles mit geübten Griffen zu und schaltete die Maschine ein. Schon nach ein paar Sekunden blubberte heißes Wasser über das Pulver und der Geruch von gerösteten Bohnen stieg aus dem Trichter des Filters.

»Möchtest du etwas essen?«, fragte er.

Sie sagte nichts, musterte ihn genauer. Er bemerkte es und runzelte die Stirn.

»Ich bin mir nicht sicher«, sagte sie.

»Jetzt tau mal nen bisschen auf«, sagte er. »Ich tu dir nichts. Und hier ist es warm und trocken, Okay?«

Sie zog die Lippen zu einem Strich und nickte bedacht.

Er war stämmig, Arme wie Popeye, Dreitagebart, der Schädel kahlrasiert, Hände mit Fingern dick wie Knackwürste.

»Ich bin Mike«, stellte er sich vor. »Und wer bist du?«

»War nicht zu übersehen, Mike«, sagte sie. »Bei der Leuchtreklame.« Sie schenkte ihm ein Lächeln, um ihn noch mehr aufzutauen.

»Man nennt mich Malys.«

»Hab ich noch nie gehört«, wunderte er sich. »Zu welcher Zeit des Jahres muss man geboren sein, um so einen Namenstag zu haben?«

»Im Februar«, sagte sie. »Für mich ist es immer Februar.«

Sie sah, wie er versuchte, das Gesagte zu verstehen.

»Nicht gerade ein Allerweltsname.«

»Das sagst du. Für mich und meine Schwestern ist das ganz normal.«

»So, so«, sagte er. »Du hast Schwestern. Sind die auch von zuhause abgehauen?«

»Ich bin nicht von zuhause abgehauen.«

»Sondern?«

»Ich bin hier zuhause.«

»Ach?«, wunderte er sich. »Wo denn? Überall?«

»Ganz genau«, sagte sie mit fester Stimme. »Überall.«

Jetzt lächelte er und für das Mädchen sah es so aus, als würde er so tun, als hätte er verstanden.

»Dann bist du bestimmt ganz schön rumgekommen.«

»Kann man so sehen«, sagte sie. »Aber jetzt erzähl mir doch ein bisschen was von dir?«

Er zog die Augenbrauen hoch.

»Normalerweise stelle ich hier die Fragen«, sagte er. »Du bist schließlich der Besucher.«

»Stimmt schon.« Sie legte ihre Hand auf seinen Arm. »Ich wollte nur nett sein. Ich interessiere mich halt für dich.«

Er zuckte zurück.

»Nun ist aber gut«, sagte er barsch. »Hör zu, Kleines. Ich bin verheiratet. Und ganz nebenbei; ich fahre solche Touren schon seit Ewigzeiten, da hat's dich wahrscheinlich noch nicht gegeben. Du könntest meine Tochter sein.«

»Schon gut«, antwortete sie und wedelte beschwichtigend mit den Händen. »Nicht falsch verstehen. War nur nen kleiner Test. Ich wollte wissen, mit wem ich es zu tun habe.«

Er musterte sie länger, immer wieder ein Auge auf die Fahrbahn werfend.

»Dein bunter Hoodie unter der Lederjacke, die Baggy-Jeans und die Tasche«, sagte er. »Das sieht für mich ganz nach Schule aus. Aber ich schätze, du bist nen bisschen älter?«

»Ziemlich viel älter, wenn man's so sieht«, antwortete sie. »Aber jetzt weiß ich Bescheid.« Sie schenkte ihm einen Daumen hoch und zwang sich zu einem breiten Lächeln. »Du bist Okay«, schob sie nach, obwohl ihr dabei gar nicht mehr zum Lachen zumute war. Der Hunger rumorte noch in ihrem Innern.

»Wo geht die Reise hin, Mike?«

»Nach Süden«, antwortete er. »Weit nach Süden, über viele Grenzen.«

»Schon in Ordnung«, unterbrach sie ihn. »Nicht ganz meine Richtung. Kannst du mich an der nächsten Raststätte raus lassen. Ich komm dann schon weiter.«

»Na klar, wenn du drauf bestehst.«

Für einen Moment hing jeder seinen Gedanken nach.

»Wie wär's jetzt mit dem Kaffee?«, fragte er.

Sie nickte. »Kaffee wär jetzt toll.«

Sie schlürften die heiße Brühe und fuhren, bis die ersten Schilder für die nächste Raststätte auftauchten.

»Da muss ich raus«, sagte sie.

»Und ich muss tanken und brauch ne Pause.« Er wechselte auf die Abbiegespur.

»Prima«, antworte sie. »Und Danke für den Kaffee.«

Er nickte und ließ sie an der Tanksäule aussteigen. Sie winkte ihm noch einmal zu und ging schnurstracks in Richtung der Ausfahrt am Ende der Parkbuchten.

Sie kam an dem Schnellrestaurant vorbei, in dem sich die Reisenden zum Mittag drängelten. Durch die großflächigen Schaufenster sah sie die Tische voll besetzt und voll gedeckt. Dafür hatte sie nur einen kurzen Blick übrig.

Reine Zeitverschwendung, dachte sie sich. *Zu viele Menschen, beschäftigt mit ihrem eigenen Hunger. Keiner hat Zeit, sich mit einem kleinen Mädchen zu unterhalten.*

Sie erreichte die Auffahrt zur Autobahn. Dort wölbte eine Schneewehe ihren Buckel am Rand des Beschleunigungsstreifens. Mit ihren Springerstiefeln trampelte sie sich einen Stehplatz in den kalten Hügel, zog die Kapuze ihres Hoodie über den Kopf und kramte erneut ihr Schild aus der Tasche.

Sie hielt es hoch, wann immer sich ein dicker Brummi zeigte.

Die Mittagszeit war bald vorüber, da biss einer an.

Das Führerhaus in Schwarz gelackt, im Schlepp ein kastenförmiger Container, endlos lang, ohne Aufschrift. Ein riesiger Grill grinste ihr chromblitzend entgegen. Im Zentrum ein stilisierter Stier, die Hörner zum Angriff gesenkt.

Die Tür schwang auf.

»Na Kleines? Wo soll's hingehen?«

Wie oft hatte sie diese Frage schon gehört? Tausend Mal? Zehntausend Mal?

Sie hatte aufgehört zu zählen. Sie wusste, seit es die Laster gab, gab es auch diese Frage.

Sie zuckte mit den Schultern. Alles wiederholte sich und doch war früher alles anders gewesen.

»Ich fahr überall hin«, antwortete sie.

»Genau meine Richtung.« Er lächelte einladend und winkte.

Sie kletterte auf den Sitz, zog die Tür zu und begann, sich die Finger zu reiben.

»Danke für's mitnehmen«, sagte sie und murrte. »Arschkalt, da draußen.«

»Holla! Junge Lady«, wunderte er sich. »Du klingst ja, als wärst du schon länger auf der Straße.«

»Kann man so sehen.«

Sie musterte ihn, als er beschleunigte und sich in den aufkommenden Verkehr einfädelte.

Er war drahtig, fast dürr. Seine Rechte mit den spindeldürren Fingern ruhte auf dem Schalthebel an seiner Seite. Ein Truckerkäppi, Sweat-Shirt und Jeans, alles in Blau. Reichlich unrasiert war er, am Kinn die Andeutung eines Ziegenbärtchens.

Sie sah keine Kaffeemaschine, sondern nur zwei große Thermoskannen, eingesteckt in das Staufach zwischen den Sitzen, neben dem obligatorischen Feuerlöscher. Das Schlafkabinett verbarg sich hinter einem dicken Vorhang.

Sie erstarrte, als sie sah, was in der Mitte der Konsole stand.

Es war ein Madonnenbild. Mit Saugnäpfen festgeheftet an die Scheibe, so dass es von außen nicht einsehbar war.

Es stand nicht nur da, es leuchtete. Ein Stromkabel lief über die Verkleidung und endete in einer Bohrung der Konsole.

Jede Ebene bemalt mit fluoreszierender Farbe. Schillernd und strahlend, glänzend und funkelnd, breitete die Heilige Jungfrau ihre Arme über grünen Auen voller Lämmer aus.

Im Hintergrund flammende Leuchtbalken eines gottverheißenden Sonnenaufgangs.

Die Madonna in Weiß umrahmt von Ranken aus nichts als Rosen. Sie trug eine Krone mit Haube, den Kopf mitleidgebend geneigt.

Das Mädchen ließ den Kopf hängen.

»Wie heißt du denn?«, unterbrach er ihren Stupor.

Sie schreckte auf.

»Malys ist mein Name. Und deiner?«

»Nenn mich Jack«, sagte er. Auch er versuchte, sie zu mustern, auch er immer ein Auge auf der Fahrbahn.

»Ich fahre nach Süden«, sagte er. »Hoffe, das geht klar?.«

»Wird schon passen.«

»Bist ja nicht sehr gesprächig«, murrte er. »Ich könnte nen bisschen Unterhaltung brauchen. Wenn du verstehst, was ich meine.«

Sie stellte die Ohren auf.

»Ich meine, einer von uns muss ja wach bleiben, oder?« Er grinste frech herüber.

Sie schaute nur.

»Hey!«, sagte er. »Dieser Stier hat ganz schön PS unter der Haube. Der will schließlich gefahren werden.«

Er klatschte auf das Lenkrad, als wäre es besonders witzig gewesen, als wolle er sich Beifall spenden.

»Bist du von zuhause ausgebimst?«, fragte er.

»Und wenn es so wäre?«, sagte sie.

Er zog die Augenbrauen in die Höhe.

»Hast du überhaupt noch Familie?«

»Und wenn es nicht so wäre?«

Sie sah, wie er zusammenzuckte, wie er sich versteifte, wie ein Hauch von entscheidungsgetriebenem Rot über seine Wangen huschte.

»Hast du keine Angst, so alleine auf der Straße?«

»Angst war mein zweiter Vorname«, antwortete sie. »Hab ich gestrichen.«

Wieder klatsche er auf das Lenkrad.

»Das ist der Geist der Straße«, lobte er. »Find ich gut, du gefällst mir.«

»Dankeschön«, sagte sie besonders artig und zauberte damit ein breites Grinsen in sein Gesicht.

Sie redeten über dies und das. Dann war bis zum Abend Stille. Der Stier unter ihnen stampfte schnaubend Meile um Meile bis in die Nacht.

Bald stand der Mond als krumme Sichel in schwarzer Leere, die Bäume kaum mehr als graue Schatten, die kurz am Fenster grüßten.

Sein Gesicht nur noch erleuchtet vom Tachometer. Die Kabine nur noch erleuchtet von der Madonna.

»Wird Zeit für eine Pause«, sagte er in die Stille. »Ich kenne da ein ruhiges Plätzchen. Nicht weit von der Autobahn. Da gibt's kein Gedränge mit den Kollegen und keine johlenden Touristen auf Urlaubssause.«

»Wenn du meinst«, sagte sie.

Er nickte nur und nahm die nächste Ausfahrt. Nicht viel weiter schwenkte er auf einen Parkplatz ein. Hohe Büsche säumten die Straße, mächtige Ulmen machten Platz für den Laster.

Er zog den Vorhang der Schlafnische beiseite. »Ich werd' mich gleich hinhauen. Kommst du mit. Da ist genug Platz für zwei.«

»Danke für's Angebot«, sagte sie. »Aber ich kann ganz hervorragend im Sitzen schlafen. Solange es hier warm bleibt, ist alles Okay.«

Er nickte bedacht vor sich hin.

»Hatte mir schon sowas gedacht«, sagte er und seine Stimme verriet keine Stimmung. »Für das Klima sorgt die Standheizung, da mach' dir mal keine Sorgen.«

Er kramte eine schmuddelige Jeansjacke hinter seinem Sitz hervor und zog sie an.

»Ich geh jetzt noch eine Runde um den Wagen, ob auch alles in Ordnung ist für die Nacht. Bin sofort zurück.«

Schon riss er die Tür auf, schwang sich aus dem Sitz und war verschwunden. Die Tür ließ er offen.

Erst wehte ihr eine kalte Brise um die Füße, dann war die Wärme der Kabine vollständig verpufft.

»Hey! Wird kalt hier«, rief sie. »Wo bleibst du denn?«

Keine Antwort.

Sie runzelte die Stirn und wartete eine lange Minute. Es wurde noch kälter.

Sie schüttelte den Kopf, stand auf und lehnte sich weit herüber, um nach der Fahrertür zu greifen.

Da griff er nach ihr. Sie sah ihn gerade noch kommen. Er war zu schnell, hatte neben der Tür gewartet.

Er sprang heran, schnappte sich ihr Handgelenk und zog mit vollem Gewicht.

Sie hatte das Gefühl, sie flöge aus der Kabine.

Kopfüber rauschte sie aus dem Fahrerhaus, krümmte sich instinktiv und legte eine Rolle hin, bevor sie auf den steinharten Boden krachte.

Die Luft wich ihr mit einem Röcheln aus der Lunge, die Sicht zeigte für einen kurzen Moment grelle Lichter, während ihr Rücken die volle Wucht des Aufpralls zu spüren bekam.

Für einen Moment drehte sich die Welt wie ein Karussell und sie war das Zentrum. Oder war das ihr Körper?

Es war ihr Körper. Er warf sich auf sie. Drehte sie auf den Bauch und sie hörte ein Klicken.

Das waren die Handschellen, mit denen er ihre Handgelenke verband.

Er ist schnell, dachte sie noch, da riss er sie schon auf die Beine. Er hatte noch Zeit, die Fahrertür ins Schloss zu werfen, dann schob er sie zum Heck des Lasters.

Sie stolperte voran, noch benommen von dem Sturz.

»Was soll das?«, wetterte sie und ruckelte in seinem Griff.

Er sagte nichts, zog nur ihre Arme nach oben und bog sie auf diesem Weg gnadenlos nach vorn.

Sie lief gekrümmt weiter.

Schon war das Heck des Lasters erreicht. Er öffnete die Ladetür.

»Rauf mit dir«, befahl er. Jetzt war seine Stimme nicht mehr stimmungslos.

Sie zappelte in seinem Griff, doch er war darauf gefasst. Schob sie kraftvoll nach vorne und knallte sie mit der Brust an die Ladekante.

Ihr entwich ein Schmerzensschrei. Sie krümmte sich noch weiter zusammen. Ihr Kopf schlug an das eiskalte Metall der Kante. Schon umfasste er ihre Beine und hob sie auf die Ladefläche; schob sie weiter wie einen Sack Bohnen.

Sie schrammte mit dem Gesicht über den Bodenbelag und hörte noch, wie er sich ebenfalls in den Container schwang.

Er knipste die Innenbeleuchtung an.

Warum hat dieser Laster eine Beleuchtung?, schoss es ihr durch den Kopf.

Vor sich sah sie nichts als gestapelte Kisten und Paletten. Alles mit Ladebändern befestigt. Eine Gasse in der Mitte, einmal quer durch den gesamten Hänger.

Dann riss er sie herum.

Sie kreischte, als die Gelenke in ihren Armen knackten und die überlasteten Bänder zwiebelten.

»Das wird dir nichts nützen«, brüllte er sie an. »Meinst du, hier draußen hört dich irgendwer? Vergiss es, Schätzchen.«

Sie zappelte, wand sich, versuchte, zu kicken.

Er klatschte ihr die offene Hand ins Gesicht.

Das Brennen war gemein.

»Das war jetzt gemein«, sagte sie trocken.

»Ach?«, war alles, was er zu sagen hatte.

Er stand auf und packte sie unter den Schultern. Riss sie auf die Beine und schubste sie den Gang hinunter. Sie schrammte an den Kisten entlang und stolperte, prallte auf die Knie, riss sich wieder hoch und rannte.

Rannte bis zur Wand am Ende des Ganges, bis es nicht mehr weiter ging.

»Wir werden gleich eine Menge Spaß zusammen haben«, sagte er und grinste dabei das blödeste Grinsen, das sie je gesehen hatte.

Er zog sich den Gürtel aus dem Hosenbund und faltete ihn in mehreren Schlaufen in seiner Hand.

»Wir sind hier in der mittleren Pampa«, sagte er. »Hier gilt das Gesetz der Straße und jetzt kriegst du die Chance, deine Reisekosten zu begleichen.«

»Ich hab doch nichts!«, brüllte sie, als sie mit dem Rücken zur Wand stand.

»Du hast sehr wohl etwas, Schätzchen. Ich werd' dir gleich zeigen was. Ich mach nur schnell die Türen zu.«

Er drehte sich und marschierte in Richtung Heck.

»Gleich wirst du erfahren, was es heißt, sich mit dem Schrecken der Straße einzulassen.«

Er kicherte vor sich hin.

Und stockte, als er hörte, wie sie ebenfalls kicherte.

Er blickte über die Schulter.

Sie brach in hysterisches Lachen aus.

Er setzte ein schiefes Grinsen auf und schüttelte den Kopf. Als er nach der Tür des Containers greifen wollte, kam sie ihm entgegen, als hätte ein heftiger Windstoß den Flügel erfasst.

Hätte er sich doch nur nicht so weit herausgelehnt. Mit voller Wucht knallte ihm die eisenschwere Klappe vor den Latz. Er flog zurück, schlug längs auf den Boden und fluchte, was das Zeug hält.

Hektisch rappelte er sich wieder auf.

Er schaute sich um.

Er musste blinzeln.

Das Mädchen war weg.

Den Gang hinunter war nichts, an der Wand stand niemand.

Verwirrt schüttelte er den Kopf. Blickte erstarrt auf das Vakuum im Licht der knallweißen Neonröhren.

Er prüfte nach rechts und links. Nichts als Kisten gestapelt bis zur Decke. Keine Ritze, um sich zu verstecken.

Seine Augenbrauen zogen sich unwillkürlich zusammen, als er peilte und doch nichts sah.

Nichts sah, was er sehen wollte.

Bis er ihre Stimme hörte.

»Sag Hallo zu Mr. Red!«, rief sie hinter ihm.

Sein Kopf flog herum.

Erst sah er den Feuerlöscher nicht kommen, dann für eine Millisekunde nur noch Rot und schließlich nur noch Sterne.

Das schwere, stahlharte Gehäuse knallte ihm mit vollem Schwung an den Kopf.

Er flog erneut zu Boden, wand sich für einen Moment benommen und fuchtelte abwehrend mit den Armen.

Als sich sein Blick klärte, sah er sie stehen. In der Tür am Heck, den Feuerlöscher in der Hand.

»Hab mir das Ding kurz ausgeborgt«, sagte sie. »Du verstehst das doch? Da du ein ganz böser Junge bist, muss ich leider auch ein bisschen grob werden.«

»Du kleines Miststück«, brüllte er und rappelte sich auf. »Ich weiß zwar nicht, wie du das gemacht hast, aber jetzt wirst du mich richtig kennenlernen.«

Der Schweiß brach ihm aus und ein irrer Blick zog in seine Miene.

»Du Biest, ich werd' dein Innerstes nach außen kehren.«

»Hey!«, brüllte sie entschlossen zurück.

Er riss die Augen auf und stockte für eine Sekunde.

»Das wollt ich doch gerade sagen.« Noch während ihrer letzten Worte begann sie, in seine Richtung zu laufen.

Und verschwand.

Direkt vor seinen Augen.

Er erstarrte.

Da hörte er sie wieder, und wieder kam es von hinten.

»Mister Re...hed!«

Rumms!

Diesmal krachte ihm der Feuerlöscher so brachial ins Kreuz, dass es ihm die Luft aus den Lungen pfiff.

Er fühlte den Knacks bis ins Mark, als ihm die Rippen brachen.

Sein Kopf prallte zuerst an die Kisten, dann auf den Boden, dann wurde es dunkel.

Als er erwachte, blendete das Neonlicht durch die Schlitze in seinen Augen. Erst nach Sekunden klärte sich die Sicht. Seine rechte Seite schmerzte, als würde ihm jemand eine Schere zwischen die Rippen treiben. Er stöhnte und bemerkte, wie ihm das Blut aus den aufgeplatzten Lippen über das Kinn lief. Die Augen tränten und der Rotz sickerte ihm aus der Nase.

Vor seiner Brust ragten die Knie empor. Das Blut tropfte ihm in den Schoß. Er saß auf dem Hosenboden, die Beine angewinkelt, die Füße ohne Schuhe und Socken auf dem blanken Metall der Ladefläche. Sein Käppi trug er nicht mehr.

Jemand hatte ihm die Knöchel mit Kabelbinder umwickelt und fest miteinander verzurrt. Obwohl er es nicht sehen konnte, spürte er, dass die Hände hinter seinem Rücken auf die gleiche Weise gefesselt waren.

Er saß an der hinteren Wand des Hängers, dort wo noch vor kurzem ...

Sie riss seinen Kopf mit einer Hand an den Haaren hoch. Er jaulte unter Schmerzen, stierte ihr in die Augen. Sie holte aus und klatschte ihm die blanke Hand ins Gesicht.

»Das war jetzt gemein, oder?«

Sie hatte dieselbe Stelle aufs Korn genommen, die zuvor der Feuerlöscher zerstört hatte.

Röcheln und Spucken war bei ihm jetzt nicht mehr zu unterscheiden.

»Hör mir gut zu«, sagte sie und zerrte seinen Kopf nach hinten. »Hier hast du dein Gesetz der Straße: Es gibt immer einen noch dickeren Brummi. Kapiert!«

Er wand sich in Agonie, die blutunterlaufenen Augen weit aufgerissen.

»Und ganz nebenbei; du kannst nicht der Schrecken der Straße sein. Das bin ich doch schon.«

Sie kicherte erneut.

Er begann zu heulen, als er sah, welches Grinsen sie dabei aufgesetzt hatte.

»Lass mich gehen«, stotterte er und erschrak, als er erkannte, wie sehr seine Zunge inzwischen angeschwollen war.

»Oh ja«, antwortete sie. »Du wirst gehen. Aber erst, wenn ich mit dir fertig bin. Ich hab solch einen Hunger. Das kannst du dir gar nicht vorstellen.«

Sie beugte sich herunter und ihr Gesicht kam näher.

Er fühlte, wie alles in ihm schrumpfte, als er sah, wie sich ihre Augen mit schwarzer Nacht füllten.

»Ich werde dir jetzt erzählen, wie es laufen wird«, sagte sie und schaute ihm aus ihrer Dunkelheit entgegen.

»Ich werde dir nicht alles nehmen ...«

Er sah ihre Zähne hinter dem gefräßigen Grinsen.

» ... aber doch das meiste.« Sie kicherte fies.

»Du wirst mir hervorragend schmecken. Da steckt so viel Böses in dir. Aber das wird nicht bleiben. Wenig von dem, was du früher warst, wird bleiben. Um es genau zu sagen, alles, was dich mieses Stück Schänder ausgemacht hat, wird verschwinden.«

Sah er wirklich, wie es aus ihren Mundwinkeln tropfte, als würde sie nach einem Marathon von tausend Meilen die erste Hähnchenbude erblicken?

Er fühlte sich wie ein Stück Grillfleisch, zusammengebunden und auf einen metallenen Spieß gerammt.

»Und wenn ich mit dir fertig bin, mach ich dich los und du kannst gehen. Oder besser gesagt, fahren. Das wirst du trotz der Rippen schon hinkriegen. So weit ist es nicht zur nächsten Stadt und bis ins nächste Krankenhaus. Und wenn sie dich zusammengeflickt haben und du auskuriert bist, wirst du deinen Job wieder aufnehmen. Du wirst brav Woche für Woche antreten, um durch die Lande zu kutschieren. Nichts wird dich interessieren. Nichts, was sich zwischen deinen Beinen tut und auch nichts in deinem kranken Kopf. Alles weg! Den anderen ging's auch nicht besser. Oh, wie viele hab ich schon von euch gemacht. Du kennst deine Kollegen. Diejenigen, die du verachtest. Die nicht so sind wie du. Schlappschwänze und stumpfe Geisterfahrer, nur an ihrem Ziel interessiert. Zombies hinter dem Steuer. Sag Hallo zu deinen Kumpels. Nicht mehr lang und du bist einer von ihnen.«

Jetzt rollten dicke Tränen über seine Wangen.

»Ich verstehe das nicht.« Seine Worte gingen im Lallen seiner Zunge unter.

»Sieh's mal so«, raunte sie. »Stell dir vor, alle Märchen, Sagen und Legenden wären wahr. Alles, was du als Kind gehört und längst wieder vergessen hast. Alles, wovor solche wie du schon seit Urzeiten Angst haben, da gab es noch gar keine Laster.«

Sein Weinen war nur noch ein bellendes Heulen.

»Meinst du, hier draußen hört dich irgendwer?«, sagte sie und ihre Stimme war kalt. »Vergiss es, Schätzchen.«

Er blinzelte mit den Lidern, versuchte noch einmal klar zu sehen.

»Wer bist du?«

Wieder setzte sie dieses grässliche Grinsen auf.

»Antiochia gab mir meinen Namen. Malys Succubus bin ich.«

Das war das Letzte, was er hörte. Dann versank sein altes Ich in den schwarzen Teichen ihrer Augen.

Steinfrau

Ich bin ein Stein,
ich will so sein.
War immer simpel,
nie Juwel, Schmuck, Klunker.
Ich glaube, ich bin mein eigener Bunker.

Im Kern bin ich rein,
wollt's doch nie sein.
War nicht meine Wahl,
nie Trümmer, Stütze, Block.
Ich glaube, ich hatte auf was anderes Bock.

Mein ist die Kraft,
und das ohne Saft.
War immer solide,
das war die Devise.
Ich glaube, ich hatte noch nie ne Krise.

Bin gern Mineral,
so hart wie Stahl.
Kann dies oder das,
nie Objekt, Ding, Symbol.
Ich glaube, ich war noch niemals hohl.

Bin auch Person,
garantiert kein Klon.
Gerne Fleisch und Blut,
nie Kopie, Plagiat, Schein.
Ich glaube, ich bin ein rollender Stein.

Das
Licht

Es kam die Nacht, da mein Verlangen
nach Schlaf mir ganz und gar vergangen,
ich traumlos wie in Siech gefangen,
im Winterbette frierend lag.
Es riss mich hoch, ich wollt nicht weilen,
zum Fenster zog mich hin ein Eilen.
Ich riss es auf, mein Blick ging Meilen
aus des dunklen Zimmer Sarg.
Der Mond so fahl am Himmel stand
und keiner Kirchturmuhren Schlag
vermaß die Zeit zum neuen Tag.

Tief unten sah ich's seltsam blitzen,
als ob ein Schimmer wie ein Glitzen
das Kopfsteinpflaster wollt besitzen.
Als käm ein Scheinen aus dem Park,
der fern die lange Straß hinunter,
vergessen und verloren unter
tiefdunklen Ulmen und mitunter
knochentrocknen Büschen lag.
Nur totes Laub weht heut noch dort
und alter Zeiten gräulicher Belag.
Wo niemand wandelt Nacht noch Tag.

Doch hinter schmiedestahlnen Toren,
jenseits der Wipfel wie verschworen,
sah ein Licht ich neu geboren,
das für mich dort - keine Frag –
schimmerte so fein und runder,
wie ein frisch geborenes Wunder,
halb verdeckt durch den Holunder,
doch der Turm es in sich barg,
von dem fluchgebunden Schlosse,
das niemals gern gesehen ward.
Was jeder mied bei Nacht und Tag.

*D*ieses Schloss war ganz verschollen.
Es stand in keinen Protokollen.
Niemand schien es mehr zu wollen.
Jeder mied es im Alltag.
Darüber nur ein Wort zu sprechen,
war ein ungesühnt Verbrechen,
als wollte es sich dunkel rächen
an Menschen dieser meiner Stadt
mit einem schreckerfüllt Versprechen,
das es nie gegeben hat,
wenn ich's doch wähnte Nacht und Tag.

*D*rum war sein Garten ungepflegt,
die krummen Wege ungefegt
und sein dichter Wald umhegt,
die Türme, Gauben in der Tat.
Halb sichtbar nur im tiefsten Winter,
wenn kahle Äste lassen hinter
das Astwerk blicken und den Ginster,
der Frost und Sturmwind unterlag.
Doch warum schien ein Licht mir dort,
mit jenem winterblassen Grad?
In dieser Nacht und nicht bei Tag?

Nach meinem Schal und Mantel griff ich,
schlüpft in meine Stiefel bis ich
zusammenfuhr, als kalt ein Stich mich
tief ins Herz traf wie Verrat.
Als würde mich gar jemand hassen,
mein Zimmer sollt ich nicht verlassen,
zu wandeln in den nächtgen Gassen,
wo keiner Droschke klapprig Rad
sich seine Spur im Pflaster suchte,
ja selbst kein Pferdes Huf auftrat
und hörbar war bei Nacht und Tag.

Auch wenn mein Blut darauf fast stoppte,
mein Herz gar wilder danach klopfte,
ich tief in meiner Seele hoffte,
Flur, Treppe, Straße zu erreichen,
um dort in Todesmut zu gehen,
nicht rechts noch links etwas zu sehen,
nicht einen weit'ren Herzschlag stehen.
Als zöge mich das Licht mit bleichen
Fingern durch die Nacht voran.
Als wär's ein unentrinnbar Zeichen,
dem Sog der Strahlen war kein Weichen.

Die Knochen schienen mir zu tauen.
Setzte die Schritte ohne Schauen.
Schon zog es mich voran mit Grauen,
Flur, Treppe, Straße zu durchschleichen.
Um mich herum nur düstre Schatten,
kein Weggefährte ging auf glatten
Pflastersteinen, nicht mal Ratten.
Ich fühlte mich wie Blitz zu Eichen,
zu folgen diesem Geisterruf.
Ein Spukdiktat gar ohne gleichen,
das düstre Schloss musst ich erreichen.

Sirenenhaftes Licht dein Glimmen,
dem kann und will ich nicht entrinnen.
Obwohl ich plötzlich hörte Stimmen,
die meine Ohren windgleich streiften.
Ich wusste, es war die Geschichte,
von diesem gottverfluchten Lichte.
Im Kopf mir hallten die Berichte,
von einem Friedhof gar voll Leichen.
Von denen, die dem Rufe folgen,
die Herrin dieses tückisch Zeichen
ein einzges Mal nur zu erreichen.

Mit leisen Worten sagt man, wäre
die Herrin dieser düstren Sphäre
zurück aus seelenferner Leere.
Nur um es allen zu beweisen,
dass sie einmal im Jahr imstande,
die Stärke ihrer Schönheit Bande
wie eine unbarmherzig Schande,
gleich einem knochenkalten Eisen
ins Herz zu stoßen jedem Tor,
der es nur wagte, dort zu reisen,
in diesen ihren giftgen Kreisen.

Unweigerlich dem Heim entflohen,
stand ich vor ihrem Schlosse schon.
Dann wie zu meinem eignen Hohn
und wie ein Blitz fiel's mir nun ein.
Ivonne meint ich, das wär ihr Name,
bezeichnend für die feine Dame,
auch wenn ich es gewiss nicht plane,
sie umzunennen insgeheim.
Doch in ihrem bleichen Lichte,
des blassen Auges Totenschein
sollt's besser Isidora sein.

*D*ie Mutter selbst hat sie verraten.
In Ewigkeit sie sollte warten,
am Fenster über ihrem Garten,
auf das Versprechen einer Liebe.
Gebracht zu ihr in kühler Nacht,
in der seit Stunden sie hielt Wacht.
In aller Heimlichkeit erdacht,
dass über Efeu zu ihr stiege,
der Liebste namens Amandus
und mit zwei Ringen es besiegle,
der beiden immerwährend Liebe.

*A*us hohem Haus die Braut in spe,
mit Formen zarter wie ein Reh,
den Traum im Blick wie eine Fee.
Sie wollte ohne Mutters Segen
aus ihrer Kindheit Stück für Stück,
ergreifen diesen Augenblick.
Der ersten Liebe selten Glück,
dem Amandus sogleich erlegen.
Das wollten sie sich nun versprechen
und ihrer beider junges Leben
dadurch für immer zu verweben.

Mit einem Plan wie bei den Dieben
so hatten sie sich bald entschieden,
die stillen Normen zu besiegen.
Das hatten sie sich fein erdacht,
denn Amandus war rein und schlicht,
ein junger Lehnsmann voller Pflicht
und einem offenen Gesicht.
Die Übereinkunft war gemacht,
sich ihre Neigung zu besiegeln.
Doch hatten sie in dieser Nacht,
der Mutter Missgunst nicht bedacht.

Versprochen war die Liebste schon
einer Familie andrem Sohn.
Zu gern wär sie all dem entflohen
und gäbe sich in andre Hände.
Des Hauses Herrin wollte immer,
dass sie sich schenke nie und nimmer
hinfort aus ihrem Kindeszimmer
und sich von dem Gebot abwende,
das hier wie eisernes Gesetz
als Schicksal einer Heirat stände
und niemals nähm ein andres Ende.

Der Gegenplan blieb unerkannt.
Die Mutter wartete gespannt,
in kalter Wut sich selbst verrannt
auf dem Balkone unterm Zimmer,
wo ihre Tochter wollt empfangen
Amandus liebevoll Verlangen,
um fortan niemals mehr zu bangen,
um des Geliebten Zeit für immer.
In seine Arme sich zu legen,
als wäre er schon der Gewinner.
Doch dazu kommen sollt es nimmer.

Amandus stieß es harsch zurück.
Er haderte gar ohne Glück.
Am Ende war es sein Genick,
von Todes eisger Hand umfangen.
Der Fall, er raubte unumwunden,
ihm seiner letzten Zeit Sekunden.
So lag er still und ohne Wunden,
gebrochen und von uns gegangen.
Das Auge blickstarr ohne Leben,
den bleichen Fleck schon auf den Wangen,
mit Thanatos Geschmeid behangen.

Ivonne sah diesem Ende zu,
aus ihrem Fenster ohne Ruh
wie unbarmherzig und im Nu,
ganz ohne ihr geschrienes Flehen
ein Stoß dem Liebsten bracht das Ende.
Auf dass er sich für immer wände
ins Jenseits Eros' lichter Strände,
und seine Seele würde wehen
in Isis giftgen Zaubergarten,
wo alle, die dort stehen und gehen,
das Leben nur von ferne sehen.

War dieses Licht, was ich dort sah,
das Leuchten ihrer Engelsschar
die tröstend spielte um ihr Haar
und wie sie stand mit immer leeren
Augen fluchgebannt für alle Zeiten,
das Unglück jedem zu bereiten,
der es nur wagte, dort zu schreiten,
wo der Geliebte konnt nicht wehren,
der hässlich Tat noch auszuweichen
und letztlich gegen alle Lehren
sein weltlich Schicksal umzukehren.

Vom Licht ich meinen Blick abwandte,
als ob ein Feuer in mir brannte.
Ich voller Schrecken bald erkannte,
dass sich ein Schatten hob anbei.
Die dunklen Schwaden brachten schon,
des nächtgen Waldes just entflohen
Gestalt, Gesicht einer Person
aus finstren Sphären mir herbei.
Mein Herz, es pochte unumwunden,
als wär's zum nächsten Schlag entzwei,
als ich erkannte, wer es sei.

Die Augen hatt ich schon gesehen,
das goldne Haar im Winde wehen.
Mir war, als könnt ich's nicht verstehen,
dass mit mir in den Schatten stand
Ivonne, die einst so lieblich zart,
des Liebsten Treueschwur erlag.
Doch was an meine Seite trat,
wie eine Hülle ausgebrannt,
ein Blick wie unter Höllenqualen,
hinauf zum Lichte wie gebannt,
war Abbild aus dem Totenland.

Zum Fenster hob sie ihren Blick,
als wollte sie dorthin zurück,
wo einst sie stand, beraubt vom Glück
und könnt nochmals dorthin gelangen,
wo nun die eigne Mutter stand,
das Licht gleich ihres Peches Brand
mit dieser Untat sich verdammt,
dort jedes Jahr gleich wie gefangen
der Tochter Auftritt abzuwarten,
hinabzublicken und zu bangen
in jener Schicksalsstund gefangen.

Doch warum war ich heut und hier
Zeuge dieser brennend Gier?
Ivonne reicht ihre Hände mir
und sagt, als wär ich ihr nicht fremd:
'Amandus, Liebster, lass uns warten,
in diesem unsrem Leides Garten
auf die, die uns so schwer verraten
und die da steht in dem Moment,
da sich dein Abschied wieder jährt,
und siehe das, was in mir brennt,
ist Totenrache ungehemmt.'

So warten wir und kehren wieder,
verflucht wie Hades Schattenkrieger
aus Totensphären hier hernieder,
zur gleichen Zeit wie in der Nacht,
als sie mir schlichtweg nachgegangen.
Ein Sprung ins Nichts ganz ohne Bangen,
so war es ihr und mir ergangen,
obwohl dereinst für mich gedacht.
Die Rache werden wir vollenden,
wenn bald der Mutter Licht und Macht
zu uns ins Schattenreich gebracht.

ENDE

Mehr vom Autor Jay Kay

Ich, Santa

Mit diesem Buch fängt alles an.
Die Geschichte von einem Jungen und seinem magischen Erbe. Ein Abenteuer um den Zauber der Jahreszeiten, den Mythos von Santa und die Realität, wenn man zu retten versucht, was von der Vergangenheit noch zu retten ist.

Roman: 324 S.
ISBN: 978-3-7528-1639-6

Die Mäusekönigin

Träumende Schlangen, eine Villa voller Hühner und der letzte Brief von Ho Chi Minh. Diese Geschichte ist so wundersam wie das Leben im heutigen Vietnam, alles erzählt aus der Sicht einer kleinen Maus.

Roman: 288 S.
ISBN: 978-3-7504-2638-1

Filona – Am Ende der Zeit

Filona ist der letzte Mensch auf Erden. Beschützt vom mächtigen SYZTHEM verbringt Sie die Tage in trauter Erinnerung an den Rest der Menschheit. Doch was hat das alles mit Jimi Hendrix und dem Ende des Universums zu tun?
Es wird Zeit, alles aufzuklären

Roman: 180 S.
ISBN: 978-3-7504-8203-6